KB178398

출가

이 도서는 세종특별자치시와 세종문화재단의 후원으로 지원받아 출간되었습니다.

푸른사상
산문선

28

출가

박종희 산문집

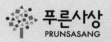
푸른사상
PRUNSASANG

따뜻한 글을 쓰고 싶다

나에게 수필은 나침반이었던 것 같다. 수필을 쓰면서 나를 돌아보고 마음을 다스릴 수 있었다. 수필 안에서는 내가 놓치고 사는 것을 잡을 수 있었고 아쉽고 서운했던 것들과도 화해할 수 있어 좋았다. 글이 나를 대변하듯 내가 살아가는 모든 일상은 수필이 되었다.

중학교 때부터 백일장을 다녔지만, 정작 글쓰기를 제대로 배워 본 적은 없다. 수필을 쓰면서 나는 문학 공모전을 스승으로 삼았다. 문학상 도전은 내 글을 평가받을 수 있는 유일한 관문(關門)이었다. 공모전에서 낙선하면 퇴고의 시간을 늘리고 당선되면 내 수필의 방향이 제대로 가고 있는 것 같아 안도했다. 하지만, 아직 턱없이 부족하다. 여전히 수리되지 않은 언어들과 얇은 사유가 내 발목을 잡는다.

첫 수필집을 낸 지 벌써 9년이 되었다. 어느새 묵은 글이 된 원고를 출가시키려니 아쉬움과 후련함이 교차한다.

그러나 비워야 다시 시작할 수 있다는 것을 믿기에 작은 용기를 낸다. 한없이 부족하지만, 내가 들려주는 이야기에 공감하고 위로받는 이가 한 사람이라도 있다면 부끄러움이 덜할 것 같다.

글에도 온도가 있는 것 같다. 따뜻한 글은 누군가의 슬픔을 감싸주지만 싸늘한 글은 생채기를 남긴다. 글의 품격과 향기는 글쓴이의 심성에서 나온다고 생각한다. 난해하지 않고 겸손한 언어로, 누구나 공감하는 건강한 수필을 쓰고 싶다. 구들장같이 온기 있는 언어로 따뜻한 수필을 쓰고 싶다.

내 수필에 주체가 되어주신 친정 부모님과 시부모님께 두 손 모아 감사를 드린다. 양가 부모님을 팔아 작가가 되면서 부모님들의 마음을 조금이라도 헤아리게 되었고 이제야 어른이 된 것 같다고 감히 고백한다.

부족한 글을 아껴주신 임헌영 교수님 권희돈 교수님께도 감사의 인사를 드린다. 글 쓴답시고 자상하게 챙기지 못하는 남편과 딸애한테 미안하고 부족한 엄마와 아내를 응원해주는 내 편이 있어 행복하다.

책을 엮을 수 있도록 허락해주신 푸른사상사의 앞날이 창창하기를.

2019년 가을 초입에
호수공원이 바라보이는 세종에서
박종희

제1부

매화꽃이 피었다

솔기

어머니가 또, 옷을 벗었다. 밤도깨비 같이 아무리 생각해도 모를 일이었다. 혼자 숟가락질도 못 하시는 분이 단추가 달린 환자복을 술술 벗는 것이 믿기지 않았다.

노인병원의 간병인은 "그러니 이곳에 계시지요. 걱정하지 마세요. 다른 건 괜찮은데 혹시 감기라도 걸릴까 걱정이죠."라고 했다. 말은 그렇게 하지만 속은 퍽 언짢은 표정이었다.

밤새 환자복과 실랑이하던 어머니는 날이 밝으면서 깊은 잠에 빠졌다. 도대체 뭐가 문제일까 싶어 고민하다가 어머니가 벗어놓은 환자복을 보고 깜짝 놀랐다. 뒤집힌 환자복의 솔기 부분이 내가 입어도 불편할 만큼 거칠었다. 수선이 필요 없는 환자복이라 그런지 겨우 솔기를 박을 수 있을 만큼 좁은 시접이 휘갑치기도 안 된 채 뭉쳐 있었다. 그제서야 옷을 벗는 어머니 심정이 이해됐다. 그것도 모르고 나는 밤에 옷 벗으면 큰일 난다며 어머니께 으름장을 놓았으니.

땀 흘린다고 맨살에 환자복을 입혔으니 얼마나 불편하고 성가셨을까. 종일 누워 지내는 어머니한테 솔기가 배겨 자국이 남았다. 나약한 어머니한테 솔기는 어쩌면 주삿바늘 같은 흉기였을지도 모른다.

뭉쳐진 솔기를 보니 아버님한테 가려져 평생 덧니처럼 살아온 어머니의 삶과 닮아 보였다. 정신이 흐려도 생각은 있으신지 솔기를 뜯다 만 환자복에서 어머니의 지난한 세월이 웅성거렸다.

어머니는 가난하고 형제 많은 집안에 장녀로 태어나 공부를 하지 못했다. 어쩌다가 바깥사돈끼리 중매 서는 바람에 어머니는 종갓집 둘째 아들인 시아버님과 얼굴도 안 보고 혼인했다.

중등학교에서 교편을 잡고 계시던 아버님은 성품이 바르고 인물이 출중해 동네에서도 알아주는 학자였다. 그때만 해도 자식을 대학까지 보내는 집은 거의 없었다. 할아버님은 시아버지를 공부시킨 대가로 나이 어린 동생과 조카들을 공부시키라고 하셨다.

어머니는 신혼 때부터 시동생과 큰댁 조카의 도시락을 싸느라 허리를 졸라매었다. 박봉의 교사 월급을 쪼개 시동생 뒷바라지하느라 늘 허기가 졌다.

아버님의 힘으로 대학까지 마친 작은아버님은 우리나라에서 알아주는 대기업에 취직하고 간호사로 일하는 여자를 아내로 맞았다. 키도 작고 전라도 여자라고 집안에서 반대하던 작은아버지의 결혼 성사에 큰 역할을 한 아버님께 작은어머니는 입안의 혀처럼 굴었다. 따지고 보면 작은아버님이 큰 인물이 되기까지 밥해 먹이고 빨

래해준 어머니의 공도 컸는데 작은어머니는 아버님한테만 인심을
베풀었다.

　사범학교를 졸업하고 마을에서도 내로라했던 아버님과 배움이
없는 어머니와의 혼사는 애초부터 기울었다. 옷 속에 숨어 존재가
무색한 솔기처럼 잘나신 아버님에 묻힌 어머니의 자리는 늘 옹색했
다.
　직장생활을 오래 해 요령 많고 약삭빠른 작은어머니에 비하면
촌부인 어머니를 아버님도 은근히 무시했다. 아버님은 술만 드시면
어머니께 술주정했다. 미련한 곰 같다며 술 주전자를 방바닥에 집
어 던지기도 했다. 아버님이 어머니를 무시하니 자식들도 어머니를
우습게 여겼다.
　그런 아버님께 한마디 불평을 할 만도 한데 잔 사설이 없던 어머
니는 가타부타 입을 떼지 않았다. 어머니는 그때부터 쓸쓸하던 마
음 자락을 접어 솔기처럼 봉합했던 것 같다.

　솔기는 옷감을 이어주는 재봉선이다. 옷감이 아버님이라면 솔기
는 어머니였다. 부부가 일심동체이듯 솔기를 꿰매야 비로소 옷의
모양을 갖춘다. 솔기는 어머니의 마음처럼 바람을 막아주고 속살이
보이지 않게 내밀히 옷을 보호해준다. 솔기는 단순히 옷감을 꿰맨
자국이 아니라 묵묵히 아내의 자리를 지키게 하는 마법의 바늘땀이
었다.
　숙명처럼 순종하고 살던 어머니한테 자유를 주고 싶으셨던 걸

까. 아버님이 먼저 세상을 뜨셨다. 아버님을 떠나보내고 나서 어머니가 조금씩 이상해졌다. 아버님이 계실 때는 좀처럼 속마음을 드러내지 않던 어머니가 변하기 시작했다. 사소한 일에도 벌컥벌컥 화를 내기 일쑤였다. 어둠 속에서 혼자 감침질하던 세월이 길었던지 어머니는 꿰맸던 솔기를 풀어헤쳤다. 치매를 앓는 사람처럼 변덕스러워진 어머니의 마음이 날씨처럼 맑았다가 흐렸다가 갈마들었다.

봉합했던 마음 자락을 뜯어내면서 전혀 다른 사람이 된 어머니는 물건에 욕심을 내기 시작했다. 사시는 동안 천 원짜리 팬티 한 장도 당신 손으로 사 입은 적이 없는 어머니는 옷에 욕심을 부리고 화장품에도 관심을 가졌다.

얼마나 부럽고 한이 되었으면 그랬을까. 어머니는 매일 당신 것을 만들었다. 화장실에서 치약이 없어지고 찬장에서 접시가 없어졌다. 어떤 날은 프라이팬이 없어지고 쟁반도 없어졌다. 그렇게 없어진 물건은 어머니의 장롱 깊숙이 숨어 있었다.

평생 당신의 의견 한 가지 못 내고 사시던 분이 매사에 간섭하는 일도 잦아졌다. 내가 퇴근해 돌아오면 놀다가 늦게 다닌다고 억지를 부렸다. 목욕을 자주 간다, 음식이 싱거워 간이 맞지 않는다며 며느리 위에 군림하고 싶어 하셨다. 항상 뒷전에서 아버님 눈치만 보던 어머니가 어른 노릇을 하고 싶으셨던 것 같다.

기분이 맑은 날이면 어머니는 아버님 뒤에서 솔기처럼 사시던 이야기를 꺼냈다. 이 일 저 일 아버님과의 일을 순서 없이 늘어놓으면 내가 알아서 대충 솔기를 꿰매야 했다. 어머니를 보면 가끔 이해 안 되는 것이 있다. 과거가 무엇이기에. 도대체 얼마나 무서운 놈이길래 금방 왔다 간 사람도 잊어버리는 어머니가 과거에 있었던 일은 깨알같이 꿰고 계실까.

밤마다 알몸 소동으로 간병인들의 입에 오르내리던 어머니의 환자복을 바꾸었다. 솔기가 뭉쳐 상처를 내는 환자복 대신 시접 처리가 잘 된 우주복으로 샀다. 어머니가 보는 앞에서 환자복을 뒤집어 보여드렸다.

문득 무슨 생각이라도 나는 것일까. 솔기를 말아 쥔 어머니가 잇몸을 다 드러내며 활짝 웃는다. 이제는, 고인이 되신 아버님이 어머니의 솔기가 되어주시는 걸까. 순하게 웃는 어머니의 얼굴 위에 아슴아슴, 낯익은 아버님의 모습이 보인다.

빈집

알맹이를 빼 먹어 속이 빈 소라 껍데기가 어항 속에 있다. 쫄깃쫄깃한 소라 살을 빼 먹고 나니 그 큰 소라는 속이 비어 빈집이다. 내장까지 모두 비운 소라 껍데기를 씻어 어항 속에 넣어두었더니 파도 소리가 들리는 듯하다. 한때는 바다에서 바다가 키워주는 대로 짠 소금물을 받아먹으며 늙어갈 것으로 생각했던 소라가 이젠 어항 속 금붕어들의 아늑한 보금자리가 되었다.

몇 해 전에 남편이 어릴 때 살았다던 집에 갔었다. 생전에 아버님께서 많이 아꼈던 집이라 남편은 그 집을 다시 사고 싶다고 했다. 터가 좋아 돈도 모으고 집안일이 잘 풀렸다던 집은 30년이 지나 앙상하게 뼈만 남아 널브러져 있었다.

사람이 다녀간 흔적이라곤 전혀 없는 빈집에는 무성하게 자란 잡초가 주인 행세를 했다. 허벅지까지 키를 키운 잡초를 헤집고 들어서자 집을 지키고 섰던 망초 대가 바짝 긴장했다. 옆 장독대엔 깨진 항아리 조각이 나뒹굴었다. 뒷마당엔 해마다 실한 열매를 맺었던 석류나무가 갱년기를 맞이해 군데군데 껍질이 벗겨져 있었다.

남편이 살았던 집이지만 밤이었다면 무서워 한 발짝도 못 들여놓을 것 같은데 남편은 제집처럼 자연스럽게 집 안을 살폈다. 구석구석을 돌아보다 굳게 잠긴 안방 문 앞에 섰다. 자물쇠 대신 꽂아놓은 숟가락을 빼고 반쯤은 떨어져 나간 문을 열었다. 훅, 곰팡내를 풍기는 젖은 벽지가 얼룩얼룩 요실금을 앓고 있었다. 방바닥을 내려다보니 군불에 눌어붙은 장판 위로 구들장이 훤히 드러났다.

도저히 사람이 살았던 집이라는 것이 믿기지 않을 만큼 안방 천장이 반쯤은 내려앉아 있었다. 그 방에서 남편을 기다리던 어머니는 아랫목에 밥주발을 묻어두고 호롱불 아래서 이불 홑청을 시쳤을 것이다. 그리고 그 옆에서 연필심에 침을 묻혀가며 공부하던 자식들은 아버지 손에 들린 주전부리를 기다리다 잠이 들었을지도 모른다.

부엌을 들여다보니 불을 지피던 아궁이엔 아직도 까맣게 그을린 연기 자국이 남아 있다. 금방이라도 허물어질 것 같은 부뚜막엔 누군가 물을 마시다 놓아둔 종구라기가 깨진 채 덩그러니 혼자 놓여 있었다.

마흔 살이 넘어 장만한 집이었고 오 남매를 키우며 그곳에 뼈를 묻고 싶어 하셨던 아버님이 떠나신 지도 10년이 지났다. 그사이 몇 번의 주인이 바뀌면서 집도 노인처럼 쓸쓸하게 늙어가고 있었다.

사람이 살지 않는 집은 쉽게 허물어진다. 안주인이었던 어머니가 쇠퇴해지듯이 집도 늙어가는 것이다. 집도 사람이 등을 기대고 살아야 숨을 쉰다. 아무리 오래된 집도 사람의 훈기를 받으면 무너지지 않는다고 했던 친정어머니의 말씀이 생각난다. 집이 나이 들어가는 모습이 어쩌면 그렇게 사람의 모습과 흡사할까. 이가 모두 빠져 잇몸으로 식사하시는 어머니처럼 빈집도 서까래가 무너지고 방구들이 모두 내려앉았다. 손을 대면 와르르 허물어질 듯 모든 근육이 소실된 폐가(弊家) 같다.

어머니는 몇 년째 노인병원에 누워 계신다. 손가락 하나 까닥할 수 없게 되어 간병인의 도움 없이는 아무것도 할 수 없다. 종일 병실에서 하얀 벽을 바라보다 아들 며느리라도 눈에 띄면 반색하신다. 비록 몸은 따라주지 않지만 보고 싶은 자식을 기다리는 어미의 마음은 누구 못지않으신 게다.

어머니 연세의 다른 분보다 훨씬 체격도 좋고 단단하던 몸이 몇 년 사이에 살이 다 내렸다. 가늘어진 손마디엔 뼈만 앙상하다. 억지 웃음이라도 보려고 어머니 앞에서 응석을 부리다 일어서면 어머니는 어린아이처럼 금방 서운한 얼굴이 된다. 집도 사람이 살아야 훈기가 돌듯 어머니도 누군가 옆에 있어줄 때만 생기가 돈다.

살을 내어주고 껍데기만 남은 소라나, 사람이 떠나버린 빈집처럼 오 남매를 길러낸 어머니의 가슴도 이젠 빈집이다. 아무것도 더는 내놓을 것이 없는 빈털터리다. 그러고 보면 사람이든 사물이든 돌아갈 때는 모두 비우고 떠나는 것 같다.

어머니는 요즘 당신이 집착했었던 삶의 목록들을 내려놓는 연습을 하신다. 당신이 귀하게 여기던 사람들도, 좋아하던 것들도 잊어버리고 가장 본능적인 것 외엔 관심이 없다. 그러다 가끔 떠오르는 녹슨 기억의 사슬에 얽힐 때면 어머니의 눈가는 붉은색으로 물이 든다.

어머니를 보며 생각한다. 삶이란 그저 애착이고 집착이라는 것을. 사는 동안에 잠깐의 애착만 내 것일 뿐, 잠시 세 들어 살다 비워주고 가는 빈집 같은 것이 우리네 인생이라는 것을……

뒷목이 되다

휠체어에 앉은 할머니들이 콩을 고르고 계신다. 노랗고 반들반들한 콩과 검정 서리태가 마구 섞인 바구니에서 찌그러진 콩을 골라내는 일이다. 기름기 없이 까칠하고 투박한 할머니의 손이 움직일 때마다 한쪽 귀퉁이에 쭈글쭈글한 콩이 걸러져 나간다. 할머니가 골라낸 못생기고 찌그러진 콩이 당신들처럼 뒷목 같은 신세가 아닐까 하는 생각이 들어 가슴이 아릿해진다.

일주일에 한 번씩은 어머니가 계신 노인병원에 간다. 종일 침대에 누워 아는 얼굴이 들어올 때만 기다리시는 어머니 때문에 나 자신과 한 약속이다. 웬만하면 그 약속을 깨지 않으려 노력하지만, 삶의 시계는 이상하게도 다르게 돌아갈 때가 있다. 누워서 손을 가지고 놀던 어머니가 나를 발견하고는 얼굴이 환해진다. "아이고, 이게 누구야? 우리 작은며느리잖아?"라고 하시며 마른 감잎처럼 금방이라도 바스러질 것같이 야윈 손을 내민다.

턱받이를 두르고 포크를 꺼내는 잠깐도 못 참겠다는 듯이 어머니는 얼른 부침개 한 개를 입으로 가져간다. 꿀꺽꿀꺽 부침개 넘어가는 소리가 맛있게 들린다. 이가 없는데 김치부침개를 잘 드시는 것을 보면 참, 신기하다. 금방 만들어 따뜻한 부침개를 말씀도 안하고 드시던 어머니는 "이 맛은 여전하군, 맛있어."라고 하시며 나한테도 먹으라는 시늉을 한다. 별것도 아닌 부침개를 맛있게 드시는 어머니를 보니 그저 고맙고 가슴이 뭉클해진다.

어머니는 8년째 노인병원에 계신다. 파킨슨병과 치매 증상이 있었는데 입원하고 얼마 지나지 않아 걸음이 부자연스럽더니 이젠 아예 걷지도 못하고 누워서 지내신다. 어머니가 계시는 병실에는 비슷한 증상을 가진 여섯 분의 할머니가 계신다. 대부분 마지막 구간을 걷고 계시는 분들이다.

어머니 바로 맞은편에 계시는 송 할머니는 60대인데 치매에 걸렸다. 1분 간격으로 밥 달라, 약 달라고 하는 송 할머니는 공직에서 정년을 마친 바지런하고 깔끔한 성격을 가진 분이다. 곱상한 얼굴에 예의도 바르셔서 우리가 들어가면 먼저 인사하고 어떤 말도 함부로 하시는 적이 없다.

부침개를 드시던 어머니가 갑자기 노래를 부르기 시작한다. "노세 노세, 젊어서 놀아, 늙고 병들면 못 노나니."라고 하시면서 병실이 떠나갈 만큼 큰 소리로 노래를 부른다. 가끔 구구단도 외우고 간병인 아줌마들과 농담을 잘하는 어머니는 원래 아주 소극적이고 말수가 적은 분이셨다. 입원하시던 첫해에는 병원 생활에 적응 못 하고 매사에 피새를 잘 내 걱정했었다. 그런데 시간이 지나면서 어머니의 성격은 낙천적이고 둥글게 변해갔다.

아들인 남편이나 내가 보기에도 깜짝 놀랄 만큼 농담을 잘하고 어린애처럼 표정도 다양해졌다. 사람마다 치매의 증상이 다르다더니 어머니는 낙천적으로 오신 것 같다. 웬만해선 화내지 않고 늘 웃는 어머니를 간호사들과 간병인들도 참 좋아한다. 같이 계시는 다섯 분은 가끔 짜증을 부리기도 하는데 어머니는 병실을 마치 집으로 생각하시는 것 같다. 병실을 당신 집으로 생각하고 같이 계시는 분들을 어머니 집에 세 들어 사는 사람들로 착각하실 때가 많다.

어머니의 기억에 내장된 저장고 안에 가장 행복하고 따뜻했던 시절은 큰 기와집을 지어 살 때였던 것 같다. 그 집에서 살던 때를 회상할 때면 어머니의 얼굴엔 화색이 돈다. 바깥채를 젊은 부부한테 세 주고 살았는데 어머니는 지금 그 시절에 머물러 계신다. 할머니들이 수돗물을 틀어 손을 씻으면 물세 많이 나온다고 역정을 내시고 집세 받았느냐고 물을 때가 있다. 그래도 행복했던 순간에 머물러 계신 어머니가 얼마나 감사하고 다행스러운지 모르겠다.

마침, 할머니 한 분이 새로 들어오셨는데 온몸에 주렁주렁 줄을 달고 계신다. 치매에 당뇨와 고혈압까지 있어 몸에 온통 링거 줄이다. 통증 때문인지 어린아이처럼 큰 소리로 우는 할머니를 물끄러미 바라보고 있던 어머니가 부르던 노래를 중단한다. 어머니도 무언가 느낌이 좋지 않다고 예감하는 것 같다.

노인병원에 오면 세상과 단절된 느낌이 든다. 병실에서 젊은이들의 얼굴을 보는 일은 극히 드물다. 간호사와 간병인을 제외하고는 가족들과 부딪히는 일도 거의 없다. 마치 병실 창문 하나를 사이

매화꽃이 피었다

에 두고 삶과 죽음 두 개의 세상이 펼쳐져 있는 것만 같다.

　힘없이 집어 든 부침개가 떨어져 언덕 없이 졸아붙은 어머니의 가슴팍으로 파고든다. 오 남매가 자라면서 마치 강아지 새끼처럼 갉아 먹던 곳이다. 뽀얀 속살 위에 화수분처럼 퍼 올리던 가슴이 의무를 다했다는 듯이 콩자반처럼 거뭇한 젖꼭지만 남아 있다. 생성과 소멸의 과정을 거치는 것이 우주의 법칙이라면 어머니는 이제 생성의 과정을 마치고 서서히 소멸하여가는 중이다.

　뒷목은 낱알을 거둬들일 때 남는 찌그러지고 처진 곡식이다. 고향에서 소일 삼아 농사짓던 어머니는 알곡보다도 북데기 속에 섞여 있는 뒷목에 더 애착을 가지셨다. 뒷목도 허기진 어떤 이에게는 한 끼의 따뜻한 식량이 된다면서 잘고 찌그러져 검불 속에 처져 있는 것들을 일삼아 골라 담으셨다. 그렇게 어머니 손으로 다시 들어온 뒷목들은 알곡과 같이 푹푹 삶아 단단한 메주로 태어나기도 했다.

　요양원에 가면 뒷목처럼 쓸쓸해진다는 것을 미리 아셨던 걸까. 어머니는 병원에 가는 것을 두려워하셨다. 요양원이 아니고 어머니 병을 치료하는 노인병원이라고 아무리 설명해도 소용이 없었다. 버려질까 봐 두렵고 무서워 죽어도 병원에는 안 가겠다고 하는 어머니를 설득해 입원시키고 나서 우리 부부는 참 많은 눈물을 쏟아냈다.

　새로 들어온 할머니의 슬픈 신고식에 초연해졌던 뒷목들이 다시 도란도란 수다판을 벌인다. 잘 마른 나뭇잎 같은 할머니들이 시작도 끝도 없이 뱉어 내놓는 말들이 수런거리며 허공에 흩어진다. 당신이 면장이라고 우기는 영희 할머니와 아들보다 당신이 먼저 죽을까 봐 늘 걱정이라고 하는 영은 할머니의 측은한 대화를 듣고 있자니 웃음도 나오고 눈물도 나온다. 아까울 것 없이 평생 자식들한테 다 내어주고 이젠 빈 그루터기처럼 앙상해 더는 거둬들일 것도, 내어놓을 것도 없는 팔순의 노모들이다.

그들과 함께 삶의 저녁에 서 있는 어머니가 어서 가라며 마른 손을 흔든다. 순간 가슴이 울컥하고 느껴워진다.

매화꽃이 피었다

　　　　　　　　　　　이우는 꽃잎처럼 야윈 봄날이 저문
다. 습관대로 핸들에 이끌려 도착한 병원 뒤뜰에는 꽃이 지고 여기
저기 흩날리는 꽃잎이 하얀 꽃길을 내고 있다. 아직 어머니의 온기
가 남아 있을 휠체어와 도시락을 먹던 평상이 그대로다. 그저 어머
니만 안 계실 뿐, 병원은 한 달 전처럼 아무것도 달라진 게 없다.

　어머니가 떠나시는 것을 예감했을까. 어머니가 가시던 날, 매화
나무에는 붉은 꽃망울이 눈물방울처럼 매달려 있었다. 터질 듯한
꽃망울로 어머니를 배웅하던 매화나무에 연녹색의 잎사귀가 무성
한 것을 보니 생을 이끄는 것은 시간인 것 같다. 온 김에 어머니가
계시던 병실을 들여다보는데 내 집처럼 드나들던 곳이라 가족 같던
병원 직원이 아는 체를 한다.

　믿기 어렵지만, 어머니는 결혼 생활 중 병원에 계시던 날들이 가
장 자유롭고 마음 편하셨던 것 같다. 매사에 꼼꼼하고 완벽주의자
였던 시아버님 때문에 어머니의 생은 늘 무기력했다. 남편이 가져

오는 월급봉투 한번 못 만져보고 생필품은 물론 어머니의 옷도 아버님이 사다 주셨다.

자식이 다섯이나 되고 남편이 있어도 어머니의 자리는 언제나 옹색했다. 그도 그럴 것이, 사범학교를 나와 교편을 잡고 있던 아버님과 학교 문턱도 못 밟아본 어머니는 애초부터 기우는 혼사였다. 그래서인지 아버님은 늘 어머니를 못마땅하게 여기고 그 모습을 보고 자라는 자식들도 어머니를 살갑게 대하지 않았다.

어머니는 잔정 없고 무뚝뚝하던 아버님이 떠나신 후 몇 년은 사람 사는 것처럼 사셨다. 구질구질하던 젊은 날에 보상이라도 해주듯 시장에 가서 연분홍색 스웨터도 사고 몸뻬가 아닌 정장 바지도 사 들였다. 박꽃처럼 하얀 얼굴에 크림을 찍어 바르고 연분홍색 립스틱으로 꽃잎 같은 입술을 그리기도 했다.

하나, 호사를 누려보는 시간은 그리 길지 않았다. 어머니가 목숨처럼 아끼고 사랑하던 큰아들이 교통사고로 갑자기 세상을 떠났다. 아들의 부재를 확인한 어머니는 정신을 놓았다. 아버님을 보내면서도 흔들림 없이 꼿꼿하던 어머니가 큰아들을 앞세우고 나서는 생가지를 뚝뚝 부러뜨렸다.

어머니는 가장 믿고 의지했던 큰아들마저 떠나보내고 나서 탈출구가 필요했던 것 같다. 어쩌면 세상으로부터 멀리 도망치고 싶었는지도 모른다. 부쩍 잠이 없어진 어머니는 밤을 낮처럼 불을 밝혀놓고 낮과 밤의 사잇길을 통해 바람같이 지나가버린 과거를 용케도 들추어냈다. 두서없이 쏟아내는 말을 주워 솔기를 봉합하면 어머니의 연둣빛 내력들이 생생하게 되살아났다. 어머니가 기억하는 생의 이력에는 풋풋하던 날들도 있었다.

하루가 다르게 변해가는 어머니는 엉덩이에서 물감을 찍어 이불에 매화꽃을 피우기 시작했다. 아침에 눈을 뜨면 어머니를 덮어주었던 이불은 밤새 어머니가 그린 황매화로 꽃밭이 되었다. 어머니의 꽃밭은 계절에 상관없이 수시로 꽃을 피웠다. 그렇게 피어난 꽃은 순식간에 집 안을 향기로 가득 채우기도 했다.

죽을 만큼 힘든 고통도 세월에 섞이면 무디어지듯 하루가 다르게 낯설어지는 어머니의 모습에 익숙해지기 시작했다. 어머니가 편찮으시면 자식의 삶도 흔들린다. 어머니를 바라보는 남편도 점점 말이 없어졌다. 해결점은 도무지 보이지 않고 서로에게 섭섭한 것만 쌓여갔다. 어쩔 수 없이 어머니를 노인병원으로 모셨다.

치매는 영혼이 맑은 사람한테 오는 것 같다. 치매는 번뇌와 욕심을 접고 스스로 꽃에 다다를 수 있는 경지에 이른 사람만이 누릴 수 있는 황홀한 세상이다. 평생 마음고생하고 살았으니 남은 생은 마음이 가는 대로 살라고 주는 신의 선물 같다.

어머니는 치매가 꽃처럼 왔다. 박꽃같이 하얀 얼굴이 달뜨듯 붉어졌다. 아버님 그늘에서 큰소리 한 번 못 치고 살던 것이 한이 되었던 어머니는 헤실헤실 웃으며 마음속에 있는 하고 싶은 말을 마구 쏟아냈다. 늘 웃고 손뼉 치고 노래도 곧잘 불렀다. 생의 마지막 구간을 걸으며 고통받는 환자 옆에서 웃음꽃을 피우는 어머니는 병실에서도 인기가 많았다.

가끔 "제가 누구예요?" 하고 물으면 어머니는 바로 "영순이"라고 했다. 영순이는 가장 예쁘게 생긴 어머니의 조카딸이다. 어머니가 나를 영순이로 기억하는 것은 당신 눈에는 아직도 며느리인 내가 가장 예쁘다는 말이었던 것 같다.

돌이켜보니 내가 어머니를 처음 만나던 날, 어머니는 연한 분홍색 스웨터를 입고 있었다. 우연이었을까 나도 어머니가 입고 있었던 스웨터와 같은 분홍색 카디건을 입고 있었다. 첫 만남에서 어머니는 나한테 참말로 예쁘다고 하셨다. 살면서도 어머니 가슴속에는 내가 늘 예쁜 며느리로 있었던 것 같다.

폐렴으로 며칠 고생하시던 어머니가 갑자기 위독해졌다. 의식이 가물가물해져가는 어머니를 종합병원 중환자실로 모시고 기저귀를 갈아드렸다. 눈에 넣어도 아프지 않을 다섯 자식을 생산한 어머니의 아랫도리는 이미 제구실을 하지 못했다. 어머니는 이제 소멸의 길로 접어들고 있었다. 왈칵 눈물이 쏟아졌다. 내 눈물 바람에 남편도 오열했다.

남편과 같이 임종을 지키는데 영원한 부재를 눈앞에 두고 있는 어머니의 횡한 눈에서 눈물 한 방울이 굴러떨어졌다. 어머니를 닮은 연분홍빛 눈물이었다. 가시면서도 자식 걱정을 하신 것일까. 어머니는 딱 하루 중환자실에 계시다가 홀연히 떠나셨다. 매일 밤 꽃을 피워내던 어머니가 비로소 꽃이 된 것이다.

부재는 그 사람의 존재를 절절하게 증명하는 것처럼 어머니만 빠진 가족이 모두 한자리에 모였다. 핏줄로 얽힌 관계가 때로는 통증처럼 아프기도 하다. 어머니 생전에는 병원에도 잘 오지 않던 시누들이 눈물도 찍어내고 더러는 원망도 쏟아냈다.

나라고 왜 할 말이 없었을까. 사람은 항상 자기 관점에서만 생각한다. 고마운 마음은 빨리 잊고 서운한 것은 오랫동안 간직한다. 어머니가 아니었다면 우리가 어떻게 그 자리에 앉아 지난날을 되짚을 수 있었을까. 아무것도 하지 않고 병실에 누워만 계시던 어머니가 사실은 가족의 끈을 이어주고 있는 매개체였다는 것을 어머니가 떠나고 난 뒤 알게 되었다.

쉼 없이 이별에 관해 이야기하는 순한 바람 사이로 언뜻언뜻 더운 기운이 몰려온다. 무엇이든 영원한 것은 없다. 어머니가 떠나고 무심하게 내리쬐던 봄볕도 하얗게 소멸해간다. 고개를 들고 병실을 올려다보니 창문 사이로 헤실헤실 어머니가 웃고 계신다. 나는 다시는 못 올 어머니의 저무는 봄날을 내시경을 찍듯 아프게 탁본한다.

어머니의 서랍

다시 6월이다.

이른 아침에 초인종이 울렸다. 아파트 통장님이다. 통장님의 손에는 쓰레기봉투가 들려 있었다. 매년 6월 25일이 가까워지면 국가유공자들한테 작은 선물을 주었는데 몇 해 전부터는 쓰레기봉투를 갖다주신다. 봉투를 받아 들고 나니 작년 봄 떠나신 시어머니 생각이 났다.

아버님이 국가유공자셨기에 우리 집에는 접시나 그릇 종류가 한 세트씩 들어왔다. 어머니는 새 물건이 들어오면 바로 장롱에 갖다 넣었다. 안방 장롱 서랍에는 마치 상품을 진열이라도 하듯 물건이 쌓여갔다.

결혼하고 처음으로 어머니 생신상을 차리다가 깜짝 놀랐다. 어머니의 부엌은 생각했던 것보다 훨씬 옹색했다. 찬장에는 오래되어 이가 빠진 사기그릇과 스테인리스 공기가 놓여 있었다. 내 딴에는 마음먹고 솜씨 부려 음식을 만들었는데 그릇이 변변찮으니 기운이 빠졌다. 찬장을 뒤지며 안절부절못하는 나한테 남편은 안방 서랍에 있는 그릇을 가져다 쓰라고 했다.

서랍에는 예쁘고 고급스러운 접시와 그릇이 꽤 있었다. 포장도 뜯지 않은 그릇을 꺼내 그럴듯하게 상을 차렸다. 생신상을 보신 어머니의 안색이 갑자기 변했다. 말씀은 안 하셔도 새 그릇을 사용해 언짢다는 표정이 얼굴에 가득했다.

그날 이후 명절이나 기념일이 되면 어머니는 서랍 속 그릇을 종종 도둑맞았다. 요리하기 좋아하는 내가 어머니의 새 그릇을 탐내고 사용했기 때문이다. 그런 날이면 어머니의 심기가 불편해지셨다. 철딱서니 없는 며느리가 당신 살림을 마음대로 꺼내 쓰는 것이 마땅찮아서였다. 그리고 다음 날 아침이면 영락없이 헌 그릇이 찬장에 놓여 있었다. 어머니와 나의 그릇 숨기기 숨바꼭질은 10여 년이 넘도록 계속되었다.

어머니의 서랍에는 그릇 말고도 다양한 물건들이 있었다. 내가 사다 드린 시계가 서너 개나 됐다. 립스틱이나 로션을 사드리면 아까워 바르지 못하고 서랍에서 유통기간을 다 넘겼다.

검소함이 몸에 밴 어머님은 사시는 동안 당신을 위해서는 최소한의 소비밖에 하지 않으셨다. 어머니를 떠올리면 꽃무늬 몸뻬바지밖에 기억나는 옷이 없다. 평생을 몸뻬바지와 자식들이 입다 둔 유행 지난 추리닝만 입고 다니셔서인지 새 옷을 사드리면 그대로 서랍으로 들어갔다.

어머님 성격을 알기에 남편과 나는 한 번씩 집안을 뒤집었다. 서랍에서 유통기한을 넘긴 화장품과 누렇게 색이 바래 입을 수 없는 옷도 정리했다. 재활용 쓰레기통에 넣으면 다시 주워 오시는 어머니 때문에 아예 멀리 내다 버렸다.

한 번은 부엌 정리를 하다가 들기름을 세 병이나 치웠다. 시골에서 농사지을 때 짠 기름이니 어림잡아도 10년은 지났을 텐데, 아끼다가 싱크대 수납장에 넣어두신 것이다. 찌들고 상해서 기름인지 빗물인지 알 수 없을 만큼 향도 나지 않았다. 그 일로 어머니가 어찌나 역정을 내시던지. 얼른 가서 다시 주워 오라고 하는 어머니를 설득하느라 혼이 났었다.

무슨 대단한 비밀이라도 지니고 있는 것처럼 어머니 말고는 손을 대지 못하는 서랍이 아버님 돌아가시고 유품 정리를 하는 날 비로소 입을 뗐다. 장롱 서랍에는 아버님의 새 옷도 많았다. 그렇게 넣어두고 해진 셔츠와 헌 양말, 양복도 늘 입으시는 것밖에 안 입으셨으니. 한 번도 입지 않은 셔츠와 속옷들이 포장도 뜯기지 않은 채, 장롱에서 조용히 주인을 떠나보내고 있었다.

스승의 날에 제자들에게 받은 선물과 자식들이 사다 드린 옷, 서울 작은아버님께서 새로 맞추어주신 양복은 주인의 냄새도 맡아보지 못한 채 옷걸이에 걸려 있었다. 또, 한쪽 구석에는 금강제화 표가 붙은 구두 한 켤레가 역시 곽 속에 그대로 누워 있었다.

병적일 만큼 새 물건에 집착하던 어머니가 노인병원에 계시는 동안은 어떤 것에도 애착을 두지 않았다. 푸르던 젊은 날의 기억들마저 차곡차곡 서랍에 넣어두고 그저 본능적인 것에만 관심을 보였다. 그사이 어머니의 서랍에는 하나둘 물건들이 쌓여갔다. 언제가 될지 모르지만, 어머니가 건강을 되찾아 다시 집으로 돌아올 것이라 믿었기 때문이었다.

아껴야 잘산다고 하찮은 뒷목 한 알도 허투루 버리는 법이 없던 어머님이 서랍에 두고 가신 물건들이 얼마나 못 미더우실까. 어머니는 혹시, 매사에 잔 사설 없이 속내를 봉합하고 사신 당신과 단단히 자신을 갈무리하는 서랍이 닮았다고 생각하신 것은 아니었는지. 잘나신 아버님과 사느라 서러운 당신의 마음은 서랍 속에 감추어두고 사신 것은 아니었는지.

장롱 서랍을 열자 숨어 있던 어머니 마음들이 서둘러 따라 나왔다. 접시, 치약, 속옷, 화장품 등, 주인 잃은 물건들이 많기도 했다. 언제 입으려고 하셨는지 고이 개켜 넣어둔 분홍색 스웨터는 어머니 마지막 가는 길에 동행했다. 신혼여행 길에 사다 드린 동전지갑에는 10원짜리 동전도 한 움큼이나 들어 있었다. 가시고 나니 그런 것들마저도 자식들의 가슴을 아프게 했다.

6월이 되면 어머니 생각이 많이 난다. 그래서 6월의 장마 기간에는 밤이 더 길게 느껴지나 보다.

고무나무

인도네시아의 고무나무 숲이다. 녹음이 짙은 숲으로 들어서자 한가로이 풍경을 복사하던 고무나무가 놀라 휘청거린다. 문실문실 잘 자란 나무가 추임새를 넣을 때마다 숲은 온통 초록의 기운으로 가득해진다.

숲으로 깊숙이 들어갈수록 낯선 풍경들이 발목을 잡는다. 고무나무 밑동과 옆구리에 칼자국이 나 있고 생채기가 난 곳마다 작은 고무통이 매달려 있다. 나무에 끌이나 칼로 그어 상처가 생긴 홈에서는 하얀 액체가 흘렀다. 의아해하는 우리를 보란 듯이 원주민은 끌로 나무를 그었다. 그의 손이 지나간 자리에서 삐져나오는 속살을 바라보고 있자니 가슴이 답답해졌다. 고통을 삭이며 말없이 서 있는 고무나무가 애처로워서다.

고무나무는 생명력이 강해 꺾꽂이해도 잘 자란다. 인도네시아 숲에서 고무나무의 일생을 보고 온 뒤 집에 있는 고무나무에 더 애착이 갔다. 나와 같이 10년을 함께한 나무다. 손이 많이 안 가면서도 집 안 공기정화와 냄새를 제거해주는 신통한 고무나무에 물을 줄 때면 남편의 야윈 젊은 날이 나무 위로 겹쳐졌다.

태곳적부터 상처를 안고 살아가는 고무나무처럼 남편도 시숙한 테는 한 그루의 고무나무였다. 결혼하니 혼자 되어 아들 둘 데리고 사는 시숙이 있었다. 사람은 한없이 서분서분하고 머리도 뛰어난데 자립적으로 살지 못했다. 아주버니와 같이 생활하니 불편하기도 했다. 집에서 옷을 자유롭게 입을 수 없고 찬거리 걱정도 만만치 않았다. 주말이면 시숙 식구들과 같이 움직여야 했다. 여름철엔 휴가도 같이 갔다. 으레 그래야 하는 줄 알면서도 가슴 한편엔 체한 것처럼 묵직한 돌멩이가 매달려 비킬 줄 몰랐다.

형제간에 우애가 남달랐지만, 같이 지내니 종종 갈등도 생겼다. 시숙은 고질병이 있었다. 한 번씩 병이 도지면 슬그머니 집을 나갔다. 아무리 생각해도 모를 일이었다. 역마살이 끼었는지 나가면 마땅히 갈 곳도 없으면서 시숙은 마치 정신 나간 사람처럼 돌아다녔다. 전날까지 잘 근무하던 직장에도 말없이 결근했다. 그때마다 남편은 시숙을 찾으러 다니느라 무던히도 애썼다.

걸핏하면 없어지니 남편도 시숙을 찾는 데 이골이 났다. 오래 기다리면 순해진다는 것을 시숙은 알았을까. 한뎃잠을 자며 사람의 애를 태우다 남편의 화가 풀어질 때쯤이면 시숙은 어색하게 웃으며 집으로 돌아왔다.

어느 연인 사이가 이처럼 돈독할까. 처음엔 펄펄 뛰며 다시는 형을 안 볼 것 같던 남편도 시숙이 돌아오면 금세 마음이 누그러졌다. 겉으로 내색은 하지 않았지만, 남편은 마치 집 나간 자식을 기다리

고무나무

39

듯이 언제나 시숙의 자리를 비워두고 있었다.

　남편한테 시숙은 어쩌면 혼자 되신 시어머니보다도 더 아픈 손가락이었는지 모른다. 그러다 보니 남편의 속은 고무나무처럼 만신창이가 되어갔다. 소화를 못 시켜 수시로 소화제를 먹고 신경안정제를 먹기도 했다. 화병(火病) 난 남편을 보기 힘들어 가끔 악악거리며 바른말을 하고 싶다가도 시숙의 선한 얼굴을 마주하면 외려 연민이 일었다.

　나무의 일생이 인간의 생과 유사하지만, 고무나무의 속성은 유독 우리네 삶과 많이 닮았다. 한 생을 살아가는 고무나무는 산통을 겪는 어머니의 모습처럼 경이롭다. 마지막 한 방울의 수액을 뽑아낼 때까지 흔들림이 없다. 마치 운명인 것처럼 싫은 내색 없이 푸르게 서 있다.

　가정을 꾸리고 한동안은 재미나게 살던 시숙이 갑자기 돌아가셨다. 청천벽력 같은 일이었다. 살아 있을 때도 남편의 그림자를 밟고 다니더니 돌아가시면서도 시숙은 남편의 손을 놓지 않았다. 슬픔을 누를 사이도 없이 엉겁결에 장례를 치르고 올망졸망 남겨진 조카들이 남편의 눈 속으로 들어와 자리를 잡았다. 시숙 모습을 한 앙증맞은 그림자들이었다.

　화분을 옮기다 꺾인 고무나무 잎을 떼었더니 잎이 떨어진 나무에서 하얀 수액이 흐른다. 상처 난 나무 부위를 휴지로 닦았는데 수액 묻은 휴지가 고무처럼 단단해진다. 이제야 고무가 질기고 단단한 이유를 알 것 같다.

시숙이 남편의 곁을 떠난 지 벌써 7년째다. 시숙의 고무나무였던 것처럼 남편은 아직도 시숙이 즐겨 입던 운동복 바지를 버리지 못한다. 며칠 전 고무줄이 느슨해졌다고 벗어놓은 바지에서 빼낸 고무줄을 슬쩍 잡아당겨본다. 남편의 옷이지만 시숙이 종종 입었던 거라 그런지 쉬이 끊어지지 않는 고집스러운 성질이 천생 시숙과 남편 사이 같아 피식 웃음이 난다.

생전에 떠돌아다니는 것을 좋아하던 시숙이 바람이 되어 다녀가는 것일까. 활짝 열어놓은 창으로 들어오는 명지바람에 진초록의 고무나무 이파리가 다팔댄다.

함 싸기

조카 결혼식 날짜를 잡고 나서 내가 함으로 받았던 여행 가방을 꺼내보았다. 함 받는 날 눈물을 쏙 빼게 했던 가방은 이젠 들고 다니기조차 창피할 만큼 구식이 되어 24년 이라는 세월의 흐름을 실감 나게 했다.

날을 받아놓으니 시간이 빠르게 지나갔다. 딸만 하나라 평생 시 어머니가 될 일은 없을 것으로 생각했는데 조카의 결혼식에 시어 머니 역할을 해야 한다니 마음이 조급해졌다. 상견례 자리도 어색 했다. 처음 보는 사돈과 밥을 먹으며 무슨 이야길 했는지 기억도 없 다.

예단은 간소하게 하기로 했지만, 함 싸는 일이 걱정이었다. 잘못 쌌다가는 사돈댁에 책잡힐 수도 있어서다. 조카는 함도 간단하게 할 테니 신경 쓰지 말라고 했다. 아무리 간소하게 한다고 해도 망신 은 당하지 않아야 할 것 같아 '예절지도사' 시험 볼 때 공부하던 책 을 펼쳤다. 책에는 사주 쓰는 법과 함에 넣어야 할 채단과 혼서지에 대해 자세하게 쓰여 있었다. 조카한테 함 싸는 법을 단단히 일러주었다.

함 속에는 신랑 집에서 신부에게 보내는 채단과 사돈 간의 예를 표하는 혼서지가 들어간다. 함을 싸는 절차도 복잡하고 까다롭다. 젊은 사람들은 이해하기 어렵지만 물건 하나하나마다 정성과 의미가 담겨 있다. 요즘은 예전처럼 함을 따로 준비하지 않고 신혼여행 가방을 사용하는데 가방에다 함을 싸도 방법은 같다.

우선 가방 바닥에 붉은색 한지를 깔고 오곡 주머니를 준비한다. 분홍색 주머니에는 자손의 가문과 번창을 의미하는 목화씨를 넣고, 붉은색 주머니에는 잡귀나 부정을 쫓는다는 붉은 팥을 넣는다. 노란색 주머니에는 며느리의 부드러운 심성을 바라는 노란 콩을 넣고, 파란색 주머니에는 부부의 백년해로를 기원하는 찹쌀을 담는다. 그리고 연두색 주머니에는 길한 장래의 기원과 조상을 섬기라고 향나무를 넣는다.

그렇게 오곡을 담은 주머니를 붉은색 한지의 귀퉁이마다 놓은 다음 채단을 한지에 싸서 넣어준다. 붉은색 옷감은 푸른색 한지에 싸서 붉은색 명주실로 묶고, 푸른색 옷감은 붉은색 한지에 싸서 푸른색 명주실로 묶는다. 이때 묶는 방법도 부부간의 막힘과 화합을 기원하는 의미인 동심결을 지어 묶는다. 동심결을 지어 묶으면 나중에 풀 때 엉키지 않고 한 번에 쉽게 잘 풀린다.

옛날부터 함에는 채단과 혼서지를 넣었지만, 집안의 가풍에 따라 보석과 양장 그리고 화장품을 같이 넣기도 한다. 보석이나 다른 예물을 넣을 때도 분홍색 한지에 한 개씩 따로따로 싸서 넣는다. 함에 들어갈 것을 모두 넣고 나면 다시 푸른색 한지로 덮고 그 위에 신랑의 아버지가 신부 아버지에게 딸을 며느리로 주어 고맙다고 보내는 편지인 혼서지를 올려놓는다.

함 하나 싸는데 얼마나 복잡하고 까다로운지. 4년 전 '예절지도사' 자격증 공부하며 다 배운 것인데 정작 써먹으려니 생각이 나지 않았다. 새삼스럽게 책을 꺼내 다시 들여다보는데 오래된 풍경 하나가 떠올랐다. 20여 년이 지났지만 내가 결혼할 때도 가방에 싼 함을 받았다.

함을 지고 온 남편 친구들이 동네 입구에서부터 시끌벅적하게 장난을 치는 바람에 친척들은 꽤 기대했던 모양이다. 우여곡절 끝에 함을 받았는데 함을 구경하러 오신 친척들의 낯빛이 좋지 않았다. 그때만 해도 신혼여행 가방에 함을 싸 보내는 집이 드물던 때라 친척 어르신들은 시댁을 예의 없는 집안이라고 생각하시는 것 같았다. 거기다 가방 안에는 약혼식 때 이미 받았던 예물과 한복이 들어 있으니 서운한 마음을 감추질 못했다.

친척들 앞에서 함을 열던 친정어머니도 당황스러운 표정이었다. 친정어머니도 내심 값비싼 보석을 기대하며 친척들한테 자랑하고 싶으셨던 것 같다. 남편과 상의해서 실속 있는 결혼식을 택했는데 친척 어른들이 실망스러워하는 모습을 보니 자존심이 상했다. 어찌나 속이 상하는지 함을 지고 왔던 남편과 친구들이 돌아가고 나서 나는 눈물을 보이고 말았다. 가장 좋아해야 할 날에 펑펑 우는 딸을 보는 친정어머니의 심정은 오죽했을까. 내가 우니 덩달아 우는 동생들 때문에 함 받는 날에 참 많이도 울었던 것 같다.

예전이나 지금이나 결혼은 두 사람이 맺어지는 일보다는 겉으로 보이는 형식이나 겉치레에 더 민감한 것 같다. 그래도 조카와 조카며느리는 요즘 젊은이들 같지 않게 알차게 결혼 준비하는 것을 보니 참 기특하고 대견했다.

알려준 대로 준비해서 함을 갖다 드리고 왔다는 조카의 목소리가 밝았다. 내가 함을 싸서 보내지 못해 마음이 쓰였는데, 결혼식 날 내 손을 꼭 잡으며 아무것도 모르는 딸아이를 잘 부탁한다고 하는 안사돈의 환한 얼굴을 뵈니 마음이 놓였다.

함은 며느리를 생각하는 시어머니의 정성이라는데 그 일을 제대로 못 했으니 앞으로 두고두고 조카며느리한테 잘해줘야겠다고 생각한다.

생짜배기

세월이 흘러도 변하지 않는 것이 있을까? 흙구덩이에서 꺼내놓은 투박하고 촌스러운 무를 보면 돌아가신 시어머니 얼굴이 떠오른다.

자란 환경이 달라서인지 시댁에 가면 모든 게 낯설었다. 결혼하고 처음으로 시댁에 갔을 때였다. 저녁밥을 지으려고 부엌에 들어서다가 나도 모르게 뒷걸음질을 쳤다. 내 앞에 펼쳐진 부엌은 아주 어렸을 적에나 봤음 직한 구식 부엌이었다.

순간, 새 사람을 격하게 반기듯 입이 찢어지게 웃는 것이 있었다. 마치, 쇠라도 집어삼킬 것처럼 기세등등한 아궁이를 보니 다리에 힘이 빠졌다. 세월의 더께로 윤기 잃은 가마솥과 넙데데한 나무주걱 등, 부엌살림을 훑느라 잠깐 방심하는 사이 한쪽 발이 허방다리를 짚을 뻔했다.

가까스로 균형을 잡고 보니 아궁이 앞이 둥그스름하게 패어 있었다. 자칫하다가는 낭패를 볼 뻔했던 반질반질한 흙바닥은 바로,

인고의 시간을 말해주는 어머니의 자리였다.

며느리를 들이며 서둘러 폐업 신고를 마친 부엌은 스산스러웠다. 수북하게 쌓인 땔감 사이에 얹힌 솥단지마다 골무지가 가득했다. 어머니가 오늘을 얼마나 기다렸을지 그것들이 다 말해주는 듯했다.

손 놓을 곳을 몰라 서성이는데 어머니가 나오시고 매캐한 연기가 순식간에 부엌을 덮었다. 어머니와 실랑이하던 장작불이 숨을 고르는가 싶더니 벌건 숯덩이가 죄인처럼 끌려 나왔다. 어머니는 그 위에 삼발이를 놓고 된장 푼 냄비를 앉혔다. 별스러운 것도 없이 어슷어슷 빚은 무와 호박고지를 넣고 손가락으로 휘휘 저어 뚜껑을 덮었다. 된장찌개에 들어간 것은 그게 다였다.

부엌은 안사람을 닮는다더니 어머니 모습 그대로인 그야말로 생짜배기 부엌이었다. 어머니의 찬장에는 먹다 남은 다시다 한 봉지도 없었다. 없는 것이 어디 다시다뿐이랴. 부엌에서 인공적인 것은 당최 찾아볼 수가 없었다. 치장을 모르는 어머니 모습처럼 생김새 그대로인 무, 배추, 파, 마늘뿐이었다. 그 시절 어머니들의 애장품인 미원 한 숟가락도 없는 찬장은 수다스럽거나 보탤 줄도 몰랐다.

어머니는 가난한 집 육 남매 중 맏이로 태어났다. 근근이 끼니를 이으며 살던 어머니는 부모님의 중매로 이웃 마을 청년과 혼인했다.

양가 어르신들의 약조로 신부를 맞이한 아버님은 어머니한테 데면데면했다. 그 바람에 어머니는 신혼 생활도 담백하게 시작했다.

남편 얼굴도 제대로 못 쳐다보고 사는 어머니는 새댁 때부터 몸뻬
바지 하나로 계절을 났다. 비단 겉모습뿐만이 아니라, 어머니는 사
시는 동안 인스턴트 음식은 입에 대지 않았다. 사이다, 콜라, 주스
같이 흔한 음료수 한 잔 안 드셨다.

　매일 밥상에 오르는 부식도 한결같았다. 콩나물, 두부, 호박 등
어머니의 손에서 자란 자식 같은 채소들뿐이었다. 그나마도 어머니
한테 귀한 대접을 받는 것은 부엌 한쪽 구덩이에 묻어둔 생무였다.
몸뚱이 하나로 모진 세월을 살아내던 어머니를 닮아서였을까. 어머
니는 모양 없고 촌스럽게 생긴 무가 얼까 봐 구덩이에 묻고 찬바람
이 들어가지 않도록 짚으로 단단히 덮어주었다.

　흙 속에서 겨울을 난 무는 생으로 먹어도 탈이 나지 않았다. 마
치 어머니의 손길처럼 위장을 따뜻하게 다스려주었다. 아버님의 잔
소리가 길어지는 날이면 어머니는 무를 입에 삐져 넣고 오래도록
되새김질했다. 그것도 싫증나면 손가락만 한 크기로 썰어 무말랭이
를 만들거나 큼지막하게 잘라 된장 항아리에 처박아두기도 했다.

　무는 어머니의 화풀이 대상뿐만이 아니라 집안의 상비약이기도
했다. 급체로 배앓이 할 때도 무가 특효였다. 생무를 갈아 먹으면
마치, 어머니가 손으로 배를 문질러주는 것처럼 체기가 내려갔다.
기침이 심할 때는 꿀 넣고 삶은 무를 먹으면 기침이 멎었다. 보기에
는 투박하고 고집스러운 무가 긴긴 겨울밤 식구들의 군입거리로도
그만이었다.

　하나, 무가 늘 단맛만 냈을까. 아버님의 술주정이 늘어나면 머리

를 질끈 묶고 누워 시위하시는 어머니처럼 무도 가끔 골을 부렸다. 어머니가 자식들의 잘못을 다스릴 때는 무의 알싸한 매운맛처럼 따끔하게 매를 드셨다. 본래 순한 사람이 화나면 무섭다고 무의 톡 쏘는 매운맛 때문에 한 번씩 혼이 날 때면 눈물을 쏙 빼기도 했다.

평생 치장 한번 못 하고 사셨지만, 어머니라고 왜, 고운 옷 입고 호강스럽게 살고 싶지 않았을까. 하지만, 박봉인 교사 월급으로 다섯이나 되는 자식들 낯내주며 사느라 당신 몸은 늘 뒷전이었다.

어릴 때는 화장기 없는 얼굴에 몸뻬바지 입은 어머니를 창피하다고 여기던 자식들이 요즘 들어 부쩍 어머니를 그리워한다. 김칫국물 묻은 책을 내던지며 소갈딱지 없게 굴어도 가타부타 않던 어머니가 끓여주신 칼칼한 김치찌개가 먹고 싶단다. 군내 나던 묵은지에 뭉툭뭉툭 두부를 썰어 넣어 어머니 냄새가 나던 두부 김치찌개. 질리도록 먹어 보기 싫다고 타박하던 남편이 어머니가 해주시던 김치찌개를 생각해내는 것은 무슨 심사(心思)일지.

그렇게 담백했던 무가 조금씩 달라지고 있다. 어머니 마음처럼 평생 변하지 않을 것 같던 무도 유행을 타나 보다. 마트에 가면 자색, 분홍색, 빨간색 무가 심심찮게 보인다. 예쁜 색깔만큼이나 성질도 변했다. 그래서일까. 요즘 젊은 엄마들은 예전 우리의 어머니들과는 사뭇 다르다. 경쟁 사회에 걸맞게 내 자식만 잘되면 된다는 이기심이 어머니 마음조차 바꾸어놓은 것 같다.

세월이 변하고 식탁 풍경이 바뀌어도 나는 생짜 무가 좋다. 평생 유행 타지 않는 어머니 마음처럼 생긴 대로 있는 흙 묻은 무 말이다. 누가 생짜를 단순하다고만 할 것인가. 속없이 단순한 것 같지만 누구도 헤아리지 못할 깊은 속내와 넓은 아량을 가진 것이 생짜들이다. 음식에 들어가 다른 재료의 낯을 내주는 무가 그랬고 당신 모습을 지우며 자식 낯내주는 어머니의 마음이 그랬다.

그래서인지 어머니를 떠올리면 생짜배기라는 단어가 수식어처럼 겹쳐진다. 평생 민얼굴에 몸빼바지 하나로 사셔서 다소 촌스럽지만, 자식 사랑하는 마음은 누구 못지않은 분이셨던 어머니. 꾸밀 줄 몰라 더 안쓰럽던 생짜 어머니는 그곳에서 안녕하신지……

슬픔을 사는 사람들

　　　　　　흥정은 계속되었다. 한 발짝씩 움직일 때마다 슬픔을 사겠다는 사람들이 우르르 몰려들었다. 하물며 영구차에서 관을 내리는데도 손을 내밀었다. 화장하는 데 들어가는 돈은 정작 얼마 안 되는데 헛돈이 더 나갔다. 하다못해 촛불을 켜주고 향을 피워주는 사람도 내 손을 바라봤다. 상상조차 해보지 않았던 일을 겪게 되니 이승과 저승이 꼭 한 울타리 안에 있는 것 같아 아이러니했다.

　　고인을 떠나보내는 상주들의 마음은 아랑곳하지 않고 그저 자기들 돈벌이에 여념이 없는 사람들 때문에 슬픔은 순식간에 팔렸다. 그들이 요구하는 대로 끌려다니다 보니 미처 슬퍼할 틈도 없이 화장이 끝났다는 불이 들어왔다.

　　시댁의 형님이 돌아가셨다. 하반신이 장애인 큰조카와 결혼한 지 5개월 된 작은조카 부부가 빈소에 앉아 눈물을 흘리고 있었다.

오랫동안 투병 생활을 하셨지만 그렇게 갑자기 돌아가실 줄 몰랐다던 형님의 영정 앞에서 형제는 넋이 나간 듯했다.

아직 나이 어린 조카 대신 우리 부부가 상을 치르면서 웃지 못할 일을 당했다. 바쁘게 손님 접대하고 장례식장 사무실에 가니 수의를 최고급인 인견으로 정했다고 했다. 화장할 거라 비싼 수의보다는 보통의 삼베 수의면 되겠다고 하니 이미 상주인 조카들이 허락한 일이니, 잔소리 말라는 표정이다.

알고 보니 큰조카의 친구 아버지가 장례식장의 사무장이었다. 더 잘해주어야 할 사람이 슬픔을 빌미로 오히려 어린 조카들한테 바가지를 씌우고 있었다. 정말 어이없었다. 요즘 누가 수의를 그 비싼 인견으로 한단 말인가.

화장을 마치고 봉안당에서도 사정은 비슷했다. 순간을 이용해 슬픔을 사려는 사람들의 눈이 반짝거렸다. 납골당 위치 선정이 중요하다며 설레발을 쳤다.

그 와중에 한 사람은 유골을 담은 항아리를 잘 봉해야 벌레가 안 들어간다며 만 원만 달라고 한다. 작은어머니라는 사람이 야박하게 거절할 수도 없었다. 항아리를 봉하는 것을 보니 특별히 신경 써주는 것도 없었다. 단 1분 만에 만 원을 받아 챙긴 남자는 아무 일도 없었다는 듯이 서둘러 자리를 떠났다. 만 원을 움켜쥐고 신바람 나게 납골 탑에서 멀어져가던 그가 오래된 기억 하나를 불러내주었다.

결혼하고 형님까지 모두 세 분의 장례를 내가 모셨다. 세 분 중 가장 오래도록 슬픔을 팔지 못해 몸 구석구석까지 눅진하게 슬픔이 묻어 있던 때가 시아버님의 장례식이었다. 죽음에도 여러 부류가 있는 것 같다. 어떤 이는 남아 있는 이들에게 후련함을 남기고 또, 어떤 이는 많은 아쉬움을 남긴다.

아버님은 당신을 기억하는 사람들에게 긴 연민과 진한 그리움을 남기고 돌아가셨다. 그래서인지 장례식 내내 아버님을 그리워하는 지인들이 빈소가 비좁도록 다녀갔다. 그들은 아버님의 생전 모습을 떠올리며 아버님과 함께했던 시간을 풀어놓았다. 그렇게 아버님의 죽음을 안타까워하는 친척과 지인들이 쏟아내는 슬픔을 사느라 7년밖에 정을 나누지 못했던 나는 정작 슬퍼할 겨를조차 없었다. 너무나 엄숙하고 차분하게 진행되는 장례 절차 때문에 가족들은 마음 놓고 울지도 못했다. 해서 팔지 못한 슬픔 속에 갇힌 나는 아버님을 보내드리고 나서도 오랫동안 힘들었다.

시숙 장례도 같은 곳에서 치렀지만 슬픔을 담보로 무리한 절차나 비싼 용품을 사게 하지 않았다. 덕분에 두 분의 장례를 치를 때는 슬픔을 삼키느라 애달팠는데 형님의 장례식엔 쫓아다니며 슬픔을 파느라 정신없이 장례를 모신 것 같다.

장례식이 끝나고 나서 조카들은 오히려 후련하다고 했다. 계획했던 것보다 돈은 많이 들었지만, 평소에 못해드렸던 아쉬움에서 조금이라도 자유로워질 수 있을 것 같아 다행이라고 했다.

형님은 정말 그런 자식들의 마음을 헤아리실까. 착한 조카들의 말에 다소 위안이 되긴 했지만, 그 뒤 조문을 하러 갈 때마다 형님의 장례식 풍경이 떠올라 쓸쓸했다.

제2부

출가

스며들다

　　　　　10년 넘게 입었던 카디건 색깔이 바랬다. 남들이 알면 이젠 버려도 되지 않겠느냐고 하겠지만 나는 이 카디건이 참 마음에 든다.

　워낙 스웨터를 잘 입는 내 옷장에는 카디건만 열 장이 넘는다. 그중 미색 스웨터를 가장 자주 입는다. 장식 없이 단순해 유행을 타지 않고, 목 부분에 진주가 달려 밋밋하지 않고 단아한 느낌이 들어서다. 10년을 줄기차게 입으면서도 바랜 색깔 때문에 가끔 버리려고 뒤로 밀어놓기도 했었는데 결국은 버리지 못했다.

　늘 내 옷장을 차지하던 카디건을 염색하기로 마음먹었다. 인터넷에서 미색 계열과 비슷한 5번 염색약을 샀다. 사용법을 보니 그다지 까다롭지 않았다. 설명서대로 염색약에 담그고 20분이 지나서 들여다보니 색깔이 예뻤다. 그런데 마르고 나니 처음 염색했던 색깔이 빠지고 부분부분에 얼룩이 더 심해졌다.

　오히려 염색하기 전보다 못한 카디건을 보고 고민하다가 다시 염색약을 샀다. 이번에는 인터넷을 뒤져 니트를 염색한 사람들의 후기를 모두 읽어보았다. 미색 계열은 5번과 7번 두 가지 색을 섞는 것이 가장 예쁘다고 했다. 그들의 성공담처럼 두 색을 섞어 중간색을 만들고 소금 대신 명반을 넣었다. 그녀들이 담가두었던 시간보다 조금 더 오래 담가두었다가 건져보니 썩 마음에 드는 색깔로 완벽하게 염색이 되었다. 명반을 넣어서인지 마지막까지 헹궈도 염색물이 빠지지 않았다. 은은하고 고급스러운 색깔로 다시 태어난 스웨터를 보고 딸애도 예쁘다고 했다.

카디건에 물을 들이며 사람 사이에도 서로 물들지 못해 관계가 틀어진다는 생각이 들었다. 남편과 나는 결혼 생활 20년 차다. 그 긴 시간 동안 서로 다 안다고 생각했는데 그렇지 않았다. 보통의 부부처럼 겉으로 보기에는 한 사람처럼 보였지만 남편은 남편대로 나는 나대로 변하지 않는 고집이 있었다.

결혼 초에는 그런 생각조차 할 여유가 없었던 것 같다. 아이 키우고 직장 다니고 집안 다독거리느라 남편과 내가 맞추는 일은 그다지 중요하게 생각하지 않았다. 한집에서 산 지 10년이 가까워질 무렵 남편과의 대화가 자꾸 엇갈린다는 느낌이 들었다. 그럴 때마다 정적인 내 성격과 동적인 남편의 성격 때문이려니 했다. 시간이 지날수록 우리 부부의 대화는 균형을 잃기 시작했다. 남편은 우기고 나는 숙이는 시간이 길어졌다.

남편은 무슨 일이 생기면 두고두고 이야기하는 습관이 있다. 대체로 여자들이 뒤끝이 길고 잔소리가 심한데 우리 집은 반대로 남편의 잔소리가 더 심하다.

남편의 성격을 아는 내가 입을 닫았다. 서로 맞받아쳐봤자 시끄러워지고 워낙 큰소리 나는 것을 싫어하는 성격이라 그저 가슴속으로 삭이며 살았다. 그러나 그런 내 방식이 남편을 더 못 견디게 했던 모양이다. 그렇지 않아도 말수가 적다고 불평하는 남편한테 내 침묵은 고문 같은 것이었다. 그래도 사는 일엔 그다지 불만이 없었다. 대화하다가 가끔 부딪혀 합의점을 찾지 못하는 것 말고는 어느 것도 문제가 없었다.

어느 날 남편의 목소리가 다시 커졌다. 이유는 내가 자기를 무시해서 대답하지 않는다는 것 때문이었다. 그날따라 남편은 격앙된 목소리로 분노에 떨었다. 옆에서 바라보던 딸애가 모두 아빠 잘못이라고 했던 것이 화근이었다.

그날 밤 새벽이 다 되도록 남편과 나는 잠들지 못했다. 무릎을 맞대고 긴 시간을 이야기한 결과 이제껏 대화했던 방법이 잘못되었다는 것을 알게 되었다. 우리는 20년을 함께 살았지만, 서로의 화법, 대화의 방식에 대해서 알지 못했다. 대화하면 왜, 합의점을 찾지 못하고 큰소리가 나는 것으로 마무리될까 하는 고민을 했는데, 결국은 서로의 언어 습관을 이해하지 못했던 것이다.

남편은 평소에 목소리가 크고 따지고 명령하는 듯한 말투인데 정작 본인만 모르고 있었다. 격앙된 목소리로 말할 때 왜 화를 내느냐고 하면 남편은 자기가 원래 목소리가 크고 말하는 습관이 그럴 뿐인데 왜 자꾸 화를 낸다고 억지 부리느냐고 했다.

나 역시 남편이 이야기할 때 맞장구쳐주지 않고 입안에 물고 있는 것이 상대를 얼마나 속상하게 하는지 나만 모르고 있었다. 진즉 서로의 언어 습관에 대해 진지하게 이야기했었더라면 얼마나 좋았을까.

염색처럼 사람도 서로의 마음에 스며들어 물이 들어야 한다는 것을 우리는 왜 몰랐을까. 첫 번째 염색에서 비율이 맞지 않아 물감이 지워졌던 것처럼 남편과 나도 서로의 언어에 귀 기울이지 않았기 때문이다.

한 번의 실수를 거쳐 두 번째 염색한 카디건은 빨아도 색깔이 빠지지 않았다. 물 온도와 염색약의 비율과 명반의 농도가 염색을 완벽하게 해준 것이다. 인간관계에서도 그렇다. 서로를 믿지 못해 스며들지 않으면 관계는 곧 지워지고 만다. 10여 년을 입었던 스웨터가 다른 색으로 새롭게 태어난 것처럼 서로의 언어를 이해하게 된 남편과 나도 새로운 느낌이다.

그렇다. 누군가를 마음에 담는다는 것은 서로 스며드는 일이다. 새하얀 천이 서서히 물들어가는 것처럼 누군가의 마음속에 어떤 사람이 스며드는 것이다. 오랜 시간 몇 번을 반복해서 내 마음에 그 사람이 물들어야 한다. 영원히 지워지지 않는 사랑은 스며드는 일이다.

헛제삿밥

놋그릇에 나물이 얌전하게 둘러앉았다. 마치 절 받을 준비가 된 제사상처럼 고춧가루를 넣은 음식은 보이지 않았다. 고사리, 도라지, 숙주나물, 시금치나물 등, 눈에 익은 나물무침과 하얀 쌀밥, 부침개, 두부 부침, 호박전, 삶은 계란, 고기 한 점, 고등어구이와 맑은 탕국 한 그릇이 다였다. 누런 놋 제기 위에 담긴 헛제삿밥은 30여 년 전 내가 처음 만났던 헛제삿밥하고 별반 다르지 않았다.

양념을 많이 하지 않고 깨소금에 무쳐 재료 본연의 맛을 살린 나물에 쌀밥을 넣고 간장으로 쓱쓱 비볐다. 탕국을 좋아하는 남편은 국이 슴슴해 비빔밥과 같이 먹기 좋다고 했다. 딸애는 30년 전의 나처럼 먹을 게 없다고 구시렁거렸지만, 시장기 때문인지 비빔밥 한 그릇을 다 비웠다. 소박하지만 정갈한 밥상을 앞에 두니 이상하게도 경건한 마음이 들어 시아버님의 첫 제삿날이 생각났다.

20여 년 전 시아버님이 돌아가시고 나서 맞는 첫 제삿날이었다.

시집와서 처음 제사상을 차리는 거라 아버님께서 좋아하시던 명란 젓과 잡채, 갈비찜을 해서 올렸다. 고사리와 도라지, 숙주나물, 무나물, 시금치 등, 나물도 다섯 가지를 무쳤다. 남편은 아버님이 생전에 그토록 좋아하시던 광어회도 한 접시 떠왔다.

제사상을 본 시누들과 시어머님은 몹시 난감한 표정을 지으셨다. 유난히 형식을 따지는 시누들은 제사상에 회를 올리고 명란젓을 올리는 사람은 처음 본다며 못마땅해했다. 하지만 남편과 내 생각은 달랐다. 돌아가신 분이 음식을 드시는 것은 아니지만, 평소 아버님이 좋아하시던 음식을 차려놓고 고인을 추억하는 시간을 갖는 것이 제사의 바른 의미라고 생각했다.

어릴 때 친정집은 제사가 많았다. 일 년에 일곱 번이나 제사를 지냈으니 친정어머니는 거의 두 달 건너 한 번씩 제사상을 차린 셈이다. 그때만 해도 제사는 꼭 자정이 되어야 지냈다. 그 바람에 제삿날이 오히려 배를 곯는 날이기도 했다. 초저녁부터 제삿밥을 기다리느라 밥을 굶고 자는 날이 허다했다.

아버지가 장손이라 하루 전에 도착하는 친척들 때문에 친정집은 항상 비좁았다. 그날은 제사를 지내는 의식보다는 오랜만에 만나는 친척들의 날 같기도 했다. 그 많은 친척도 제사를 지내기 전까지는 입맛을 다시지 못했다. 부엌에서 지지고 볶는 기름 냄새가 담을 넘어도 제사 음식이라 손도 댈 수 없었다.

자다가 일어나 늦은 시간에 제사를 지내고 나면 음식을 담아 이웃집에 돌렸다. 없이 살던 그 시절에 제사 음식은 특별했기에 조금

씩이라도 나누어 먹었던 것 같다. 그러고 보면 어렵게 살던 때가 오히려 사람 사는 정이 더 깊었다.

어릴 때 이웃과 제사 음식을 나누어 먹던 것처럼 헛제삿밥도 조선 시대 유생들이 있지도 않은 제사 음식을 만들어 나누어 먹었다고 해서 유래된 전통음식이다.

먹을 것이 부족해 영양실조에 걸리기도 하는 유생들이 어떻게 하면 배부르게 맛있는 음식을 먹을까 하는 궁리하다가 제사 음식을 생각해냈던 것이다. 얼마나 먹을 것이 없었으면 거짓 제사를 다 생각해냈을까. 음식을 차려놓고 그들은 어떤 넋을 위로하며 헛제삿밥을 나누어 먹었을까.

유생들이 제사를 가장하고 차려 먹은 헛제삿밥은 바로 우리 시누들이 돌아가신 아버님의 생신을 빌미로 만들어낸 헛제삿밥과도 같다는 생각이 든다. 잔재미가 없는 시부모님 밑에서 자란 시누들은 가족들이 모이는 것을 지나칠 정도로 좋아했다. 정에 굶주려 무슨 건수라도 잡아서 모임을 만드는 시누들은 부모님의 제삿날이나 명절날이면 우르르 몰려왔다. 사실 시누들이 기다리는 제삿날은 아버님을 추억하는 날이기보다는 식구들이 모이기 위한 구실 같은 헛제삿밥을 먹는 날이기도 했다. 부모님과 형까지 떠나보낸 남편도 동생들과 먹고 웃으며 지내는 시간을 은근히 즐겼다.

그때는 손님 치르는 것이 힘들어 부담스럽다고 생각했는데 지나고 나니 그런 시간도 한때였던 것 같다. 이제는 자식들이 장성하여 다 같이 모이기도 어렵고 제사의 의미도 옅어지고 있다. 주변에도 제사를 챙기는 집이 줄어들고 있다. 우리 집도 제사를 간

소화했다.

남편과 딸애와 같이 헛제삿밥을 먹으면서 조선 시대 과거 공부하던 유생들을 생각했다. 그 시절에 그들은 어떻게 그런 기특한 생각을 다 했을까. 점점 이기적이고 개인주의적인 세상으로 변하는 요즘에 헛제삿밥이 필요한 것은 아닐까.

돈 들여 형식을 갖추고 푸짐하게 차리는 것만 제사상이 아니다. 헛제삿밥처럼 나물 무치고 전 몇 가지 부치더라도 정이 있는 밥상이면 충분하다. 일 년에 한 번 형제들 얼굴 보기도 어렵고 옆집에 누가 사는지도 모르고 사는 이 허허로운 세상에 헛제삿밥 한 그릇으로 서로를 위로하면 어떨까. 고단한 삶과 정에 굶주려 벼랑 끝에 서는 사람들과 헛제삿밥을 빌미로 따뜻한 정을 나누면 좋겠다. 맵거나 짜지 않아 슴슴하고 담백한 헛제삿밥의 진정한 의미를 되새겨보는 것도 좋을 것 같다.

30년 만에 다시 찾은 안동은 양반의 도시답게 깨끗하고 고풍스러웠다. 세월이 지나 다시 먹는 헛제삿밥은 예전의 내 혀가 기억하던 그 맛과 달랐다. 나물 맛을 모르던 아가씨의 입에서 겉돌던 싱거운 맛이 아니었다. 그만큼 나도 나이가 들었나 보다.

스물다섯 살의 아가씨는 나물을 먹을 줄 몰라 헛제삿밥이 맛없다고 느꼈는데 50대 후반의 아줌마 입에 씹히는 나물은 그렇게 구수하고 맛있을 수가 없었다. 남편도 헛제삿밥이라는 음식 이름 때문에 서먹했는데 담백하고 부담 없어 먹기 좋다며 우리 고장에도 이런 음식점이 있었으면 좋겠다고 했다.

　점심을 먹고 하회마을을 둘러보며 하마터면 양반의 고장인 안동의 아흔아홉 칸 종갓집 며느리가 될 뻔했다는 안동 남자와 맞선 본 이야기를 했더니 남편과 딸애는 의미심장하게 웃었다.

출가

스님이 된 친구를 만나러 간다는 친구를 따라 절에 다녀왔다. 비구니 절이라 그런지 어느 것 하나도 제멋대로 놓여 있는 것이 없었다. 깨끗하고 단정한 절 뜨락에 가을볕이 추임새를 넣을 때마다 가을이 조금씩 물들어갔다.

친구 생각에 잠도 설쳤다는 스님의 이마 위에 여윈 햇살이 얄랑거렸다. 스님은 애써 태연한 척, 먼 길 오느라 고생했다며 합장했다. 내 친구와 친구이니 나하고도 친구가 되지만 승복을 입은 그녀한테 감히 말 건네기가 쉽지 않았다.

가을에는 구수한 황차가 맛있다면서 스님은 물을 끓여 물 식힘 사발에 부었다. 소리 나지 않게 찻잔을 다루는 그녀의 단아한 몸짓과 섬세함이 한눈에도 천생 여자 같았다. 스님이 따라주는 차를 입안에 궁굴리면서 오래전 내가 출가하던 때가 떠올랐다.

15년 전 나도 한 남자를 따라 출가했다. 태어나서 27년을 살던 집에 부모님과 동생들을 두고 홀연히 떠나오니 시누이가 세 명 있었다. 남편의 동생이니 손아래지만, 체격이 좋아 남편이 동생처럼 보였다. 옛날 어르신 같지 않게 시어머니도 키가 크셔서 시댁 식구들 사이에 내가 끼면 작은 내 몸집이 더 작아 보였다.

어머니한테 새 며느리를 들이는 일은 말 잘 듣는 세탁기를 들여놓는 것이나 다름없었다. 어느새 어머니의 부엌은 어지럽고 냉기가 돌았다. 그때부터 시나브로 수행이 시작되었다. 집안에 행사가 있거나 명절날이면 나 혼자만 바빴다. 시누들이나 어머니는 부엌 근처에 얼씬하지 않았다. 집안일은 당연히 며느리인 내가 해야 하는 것으로 알았다.

30년 가까이 다르게 살아온 낯선 집 주방에서 혼자 음식을 만들고 설거지를 하다 보면 방 안에서 나는 웃음소리가 더 크게 들려왔다. 시누들과 어머니가 이야기하며 웃는 웃음이 벽을 타고 주방으로 들어와 금세 음식 냄새와 섞였다. 남편도 한편이 되어 내 존재는 안중에도 없으니 처음 몇 년은 도무지 그런 분위기에 적응하기가 어려웠다.

해보지도 않던 큰일을 혼자서 하려니 힘에 부쳤다. 성이 다른 나만 외톨이가 되는 것 같은 소외감과 서운한 마음이 지친 몸을 더 고단하게 했다. 속상하고 서러운 생각이 들 때면 친정어머니의 얼굴이 떠올랐다. 누가 등 떠밀어 한 결혼은 아니었지만, 내가 이렇게 살려고 결혼했던가 싶어 자리를 박차고 싶은 생각이 들 때도 있었다.

현실은 절박하고 미래는 언제나 불투명했다. 시어머니가 쓰러져 자리에 누워 계실 때는 정말 아무런 기대도 할 수 없었다. 안개가 낀 것처럼 내 앞에 펼쳐지는 앞날이 마냥 부옇고 암담하기만 했다. 대, 소변 받아내고 밥 먹여드리고 밤늦도록 이불 빨래하고 잠깐 눈을 감았다가 뜬 것 같은데 야속하게도 아침은 빨리 왔다.

고되고 힘들기는 스님도 마찬가지였으리라. 검정 구름이 하늘을 덮고 장대비가 날카로운 철사처럼 마구 쏟아져 꽂히던 날이었다. 무작정 집을 나섰는데 정신을 차려보니 그녀가 절 방에 누워 있더라고 했다. 마음속에 원망이 없어진 후에 결정하라는 스님의 말씀에 그녀는 조금의 흔들림도 없이 머리카락을 삭발했다.

그날부터 그녀의 시집살이가 시작되었다. 새벽 예불을 마치면 공양을 준비했다. 동료 스님들의 빨래와 고무신까지 뽀얗게 닦으며 손등이 터지도록 일만 했다. 일에 묻혀 다른 생각은 할 여유조차 없었다. 종일 육신을 부리다 밤이 되면 피곤함에 절어 곯아떨어졌다.

속세를 떠나온 지 서너 달쯤 지났을 때였다. 어떻게 알았는지 어머니와 형제들이 찾아왔다. 삭발한 딸을 보고 그 자리에 무너앉던 어머니한테 그녀는 마음에도 없는 모진 소리를 했다. 사사로운 정에 얽히면 마음이 흔들릴 것 같아서였다. 괴괴한 절간에 딸 혼자 내버려두고 가는 것이 마음에 걸려 어머니는 차마 발을 떼지 못했다.

어머니의 뒷모습이 어른거려 기나긴 밤을 뜬눈으로 새웠을 스님의 얼굴 위로 초라하기만 했던 내 모습이 겹쳐졌다.

스님은 인연을 맺는 것도 욕심 때문이라고 했다. 욕심과 원망을 버리고 자신을 내려놓으니 편안해지더라고 했다. 스님의 말처럼 사람 사는 일도 마음먹기 나름인 것 같다. 수십 년 동안 굳어진 시댁 식구와 남편의 사고가 바뀌기를 바랄 것이 아니라 내가 변해야겠다고 마음먹었다.

그러고 나니 한결 편안해지며 비로소 식구들이 가족처럼 눈에 들어왔다. 여자로서 며느리에게 마지막 자존심마저 보여야 하는 시어머님이 진심으로 안쓰러워졌다. 시누이로밖에 안 보이던 남편의 여동생도 피붙이처럼 느껴지기 시작했다. 명절만 되면 병이 나고 입술이 부르트던 것도 우리 식구가 먹을 음식을 장만한다고 생각하니 몸도 가뿐해졌다. 옛말에 '딸은 남의 집 식구다.'라고 하더니 꼭 나를 두고 한 말처럼 언제부턴가 시댁이 친정보다 더 편하게 느껴졌다.

그러나 내가 시댁 사람이 되기까지는 녹록하지 않았던 삶과 소태처럼 쓴 날들이 많았다. 시집와서 한동안은 식구들과 융화하지 못했다. 구르는 돌처럼 모서리를 세우고 각지게 산 날들도 있었다. 차남이면서 장남 노릇을 해야만 하는 남편의 짐은 턱없이 무거웠다. 그러다 보니 식구들 앞에서 떨그럭거리는 소리도 자주 냈다. 더러는 원망과 욕심으로 뭉쳐진 마음의 결을 다스리지 못해 오래도록 끙끙거리기도 했다.

스님은 10년 만에 친구를 만나 잠깐이지만 다시 여자로 돌아왔다. 공유했던 추억을 끄집어낼 때마다 스님의 얼굴에는 백일홍 꽃잎처럼 수줍게 물이 들었다. 가끔 행자 스님들 흉을 볼 때는 목젖이 보이도록 웃기도 했다. 추억이란 대체 무엇일까. 얼마나 대단한 위

력을 가졌기에 속세와 절교하고 삭발한 그녀의 마음조차 쥐고 흔드
는 걸까.

친구 스님은 다시 주전자를 들고 빈 찻잔에 차를 따랐다. 쭈르
르, 찻물 따르는 소리에 쌉싸래한 차 향기가 코끝에 와 닿았다. 스
님이 따라준 차 한 모금을 입에 물고 밖을 내다보니 댓돌 위에 놓여
있는 하얀 남자 고무신이 눈에 들어왔다. 순간 스님과 눈이 마주쳤
다. 스님도 고무신을 바라보고 있었던 모양이다.

같은 곳을 바라보고 있었다는 것이 민망했던지 스님은 "보기엔
투박해도 저 고무신이 참, 편해요."라고 하며 수줍은 듯 얼굴이 발
그스레해졌다. 스님의 짧은 한마디에 가슴 한편에서 뜨거운 무엇인
가가 울컥하며 느껴워졌다. 편안하다는 것은 무엇일까. 그만큼 절
생활이 익숙해졌다는 것일까. 스님은 한 남자와의 인연을 끊으려고
출가했고 나는 한 남자의 아내가 되려고 출가했지만, 어느새 우리
는 같은 곳을 바라보고 있었다.

가장 맛이 좋을 거라며 스님은 찻잔에 세 번째 우린 차를 따랐
다. 쪼르르, 찻물 떨어지는 소리에 출가를 꿈꾸던 가을 햇볕이 슬그
머니 달아난다.

청양고추

혀끝이 알싸했다. 물 한 컵을 다 들
이켜도 소용없고 눈물 콧물을 닦아놓은 화장지가 눈에 띌 만큼 쌓
였다. 밥 먹으며 눈물 닦는 내 모습이 우스꽝스러운지 옆 테이블에
앉은 남자가 자꾸 힐끔거렸다. 가족하고 왔기에 망정이지 어려운
사람하고는 아예 못 먹을 것 같다.

주말이면 낙지볶음을 먹으러 간다. 낙지볶음에 칼국수 면을 비
벼 먹는데 그 맛이 아주 일품이다. 낙지를 좋아하는 남편과 딸애가
그 집을 알아냈을 때 보물이라도 찾아낸 듯 얼굴에 홍조가 일었다.
딸애의 낙지 예찬에 못 이기는 척하고 따라갔던 날 어이없게도
나는 울고 왔다. 매운 것을 못 먹는 내 입에 들어온 낙지는 음식이
아니고 내 혀를 괴롭히는 도구였다. 어찌나 맵던지 눈물 콧물 다 쏟
아내고 결국 맨밥만 먹었다. 마치 비염이라도 걸린 것처럼 재채기
해대는 나를 두 사람은 멍하니 바라보았다. 워낙 매운 것을 못 먹는

것을 알지만 그 정도로 맵지 않다는 표정이었다.

우리 집 밥상에는 매운 것이 없는데 이상하게도 남편과 딸애는 얼큰하고 칼칼한 음식을 좋아했다. 딸애는 라면을 끓여도 청양고추를 썰어 넣고 비가 오거나 기분이 안 좋을 때면 매콤한 음식을 찾았다.

외식하자고 하면 두 사람은 당연히 그 집을 우선으로 꼽았다. 나중에 알았지만, 그 집은 꽤 알려진 맛집이었다. 갈 때마다 번호표를 받아 들고 줄 서 있는 사람이 많을 만큼 유명한 집이었지만, 나는 별로 내키지 않았다.

몇 번쯤 더 갔을까. 도무지 곁을 내줄 것 같지 않던 내 혀가 드디어 낙지볶음을 받아 들였다. 너무 매워 혀가 알알하고 땀을 줄줄 흘리면서도 먹고 나면 개운하고 깔끔한 뒷맛 때문이지 싶었다.

도대체 어떻게 만든 양념이기에 이런 맛이 날까. 몇 군데를 다니며 먹어봤지만, 그 집 낙지볶음은 뭔가 다른 맛이 느껴졌다. 웬만한 음식은 서너 번 먹으면 물리는데 그 집은 언제나 처음 먹는 것처럼 새롭고 질리지 않으니 말이다.

사람의 감각기관 중 혀가 가장 알랑거린다고 하더니 어느새 내 혀도 낙지볶음에 길들었다. 먹을 때는 매워서 호호거리지만, 칼국수와 비벼 먹는 그 맛은 안 먹어본 사람은 모를 것이다.

매운맛도 다 같은 것은 아니다. 청양고추 가루로 만든 음식을 먹고 나면 속이 아파 고생하는데 청양고추를 썰어 넣은 음식은 먹을 때만 화끈하게 맵고 시간이 지나면 오히려 입안이 개운하다. 그래서인지 청양고추로 맛을 낸 낙지볶음도 혀에 불이 나도록 맵다가도 끝 맛은 달았다. 같은 매운맛을 내는데 재료에 따라 이렇게 맛이 달라지다니. 낙지볶음 때문에 청양고추에 대한 새로운 발견을 한 셈이다.

청양고추는 무조건 매운 줄만 알았는데 좋은 점이 더 많다. 청양고추에는 귤보다도 비타민C가 많아 피로감을 줄여주고 입맛도 돋우어준다. 청양고추에 들어 있는 캡사이신 성분은 암세포가 자라는 것을 막아주어 암 예방도 한다니 얼마나 귀한 열매인가.

매워서 성질이 고약할 것 같지만, 겸손한 것이 청양고추의 매력이다. 청양고추는 자신의 얼굴을 드러내기보다는 다른 재료의 낯을 내준다. 매운맛을 낼 뿐 아니라 칼칼한 맛으로 국물의 잡내를 잡아준다. 바로 청양고추의 강하고 매운 성분이 약한 맛을 도와주기 때문이리라.

지인 중에 청양고추 같은 사람이 있다. 그녀는 한번 화나면 물불 가리지 않고 할 말을 다 쏟아내는 사람이다. 그악스럽게 말할 때는 입에서 매운 냄새가 날 것 같지만, 경위 없는 말을 하는 것은 아니다. 처음에는 펄펄 뛰듯이 높은 목소리를 내던 사람도 그녀와 이야기하면 수그러든다.

감정에 치우치지 않고 사람을 구슬리는 재주를 가진 그녀는 힘없는 사람을 잘 챙겼다. 동료들도 어려운 일이 생기면 그녀를 먼저 찾았다. 상사들 앞에서도 기죽지 않는 그녀가 무슨 일이든 풀어줄 수 있다고 믿었기 때문이리라.

겉모습으로 사람을 판단하면 안 된다더니 늘 당당하고 씩씩하던 그녀도 유순하고 여린 여자였다. 암 투병으로 고생하던 그녀의 남편이 세상을 떠났다. 장례식장에서 마주한 그녀의 눈동자는 정신을 놓은 듯 한 곳에만 머물렀다. 그렇지 않아도 살집이 없는 그녀가 검은 상복 때문에 더 여위어 보여 발길이 떨어지지 않았다.

남편 이야기를 하던 그녀가 울음을 터트렸다. 자기도 처음부터 악악거리며 할 말 다 하는 여자는 아니었는데 사람들이 그렇게 만들었다고 푸념을 늘어놓았다. 젊었을 때는 나긋나긋하고 천생 여자였는데 아픈 남편 뒷바라지하며 살다 보니 억세고 단단해지더란다. 그 말을 들으며 내가 그녀를 오해했다는 생각이 들어 미안했다. 늘 야멸치고 대찬 그녀의 이미지 때문에 데면데면하게 굴었던 것이 부끄러웠다.

갈수록 이기적이고 개인주의로 변하는 요즘, 세상은 그녀같이 똑 부러지는 사람을 원하는지도 모른다. 청양고추같이 확실하게 맵지만, 뒤끝 없는 사람 말이다. 나이 드니 나도 청양고추 같은 사람이 좋다. 이래도 저래도 좋은 것이 아닌 그녀처럼 확실하게 제 목소리를 내는 사람 말이다.

무엇이든 맞닥뜨리지 않고 겁부터 먹는 바람에 내 삶은 도전이 없었다. 지레짐작해서 청양고추에 손을 대지 못했던 것처럼 그녀와도 가까워지지 못하고 언저리에서만 서성거렸다.

생각해보면 세상에 공짜는 없지 싶다. 뭐든 값을 치러야 얻을 수 있듯이 입맛도 그렇다. 어른이 되면 매운 것을 먹을 수 있는 것이 아니라 그녀처럼 인생의 단맛 쓴맛을 봐야 비로소 매운맛을 받아

들일 수 있는 것 같다.

　요즘 우리 집은 삼삼하게 끓이던 된장찌개에 청양고추를 넣고 간장에 삭힌 청양고추가 식탁에 오르기도 한다. 그녀가 남편 뒷바라지하며 강해졌듯이 내 혀도 혼란스러운 세상맛에 길들어지고 있다는 증거일 것이다. 그렇다고 내가 청양고추의 깊은 맛을 다 알았다는 것은 아니다. 내가 청양고추에 조금이라도 곁을 내주는 이유는 호락호락하지 않았던 내 삶 속에서 소태같이 쓴맛을 겪으며 내 혀도 조금씩 단단해졌기 때문이리라.

발효

무 효소를 담갔다. 적당히 굵고 매끈한 무 여섯 개를 납작납작하게 썰었다. 큰 유리병에 설탕과 무의 비율을 1 : 1로 꾹꾹 눌러 담고 공기가 통하도록 한지로 뚜껑을 봉했다.

해마다 매실이나 양파 효소는 담갔지만, 무 효소를 만들기는 처음이다.

효소를 담글 때 설탕과 재료의 비율이 맞지 않거나 산소 공급이 원활하지 못하면 그저 설탕에 절이는 것에 지나지 않는다. 효소는 싱싱한 유기농 재료로 정확한 비율을 지켜 담는 것도 중요하지만, 그에 못지않게 발효시키는 것이 더 큰일이다. 다음 날부터 아침저녁으로 베란다에 내놓은 효소 항아리를 들여다보는 것이 일이었다.

열흘이 지나니 설탕이 거의 녹고 무에서 제법 물이 생겼다. 무가 쪼글쪼글해지고 뽀글뽀글하게 거품이 일었다. 드디어 발효가 시작되었다. 발효된다는 것은 설탕이 포도당과 과당으로 분해되어 효소와 섞이며 에너지와 가스를 만들어내는 과정이다.

마치 기대하던 선물이라도 받은 것처럼 흐뭇하고 기특해서 큰 나무 주걱으로 여러 번 저어주었다. 저을 때도 거품이 일어나지 않을 때까지 위아래로 잘 저어주어야 당을 분해하고 효소의 단맛도 줄어든다.

효소 담그는 일도 자식을 키우는 일과 같다는 생각이 든다. 잘 발효되고 있는 무 효소를 보면서 딸애가 생각났다. 임신하고 유난히 길고 심한 입덧 때문에 딸애는 하마터면 인큐베이터에 들어갈 뻔했다. 살집 하나 없이 키만 크게 태어난 딸애는 약골이었다. 다행히 딸애는 잔병치레 없이 잘 자랐다.

어릴 때 병치레 없이 커준 딸애도 한 번씩 나를 놀라게 하는 일이 있었다. 딸애가 중학교 3학년 때였다. 학교에서 돌아온 딸애가 미래에 자기가 무엇을 하고 싶은지 모르겠다며 눈물을 뚝뚝 흘렸다.

저녁상을 차리다 말고 딸애 때문에 남편과 나도 덩달아 고민에 빠졌다. 이제 중학생이니 지금은 학교생활 잘하는 것이 네가 할 일이라고 말해주었지만, 딸애는 한동안 우울해하며 재미없는 시간을 보냈다.

대입 수능시험을 앞두고도 딸애는 인생에 대한 의문으로 위태위태한 나날을 보냈다. 오늘은 푸드스타일리스트가 되고 싶고, 내일은 플로리스트가 되고 싶다고 했다. 방송국 PD가 되고 싶고 또, 어떤 날은 소설가가 되고 싶다면서 갈팡질팡했다.

그럴 때마다 나는 딸애와 같이 성장통을 앓았다. 밤새 잠 못 이루는 딸애와 앉아 엉킨 실뭉당이를 풀며 딸애의 기분을 맞춰주려고 안간힘을 썼다. 지나고 나서 생각하니 순간순간은 아찔하고 힘들었지만, 그때가 딸애한테는 발효의 시간이지 않았나 싶다. 무 효소가 자연스럽게 발효 과정을 거치는 것처럼 딸애도 자라면서 그렇게 효소의 활성이 일어났던 것 같다.

베란다가 서늘하고 바람이 잘 통하는 곳이라 그런지 발효가 빨랐다. 효소 색깔이 갈색으로 변하면서 쪼글쪼글해진 무가 위로 떠올랐다. 오그라들어 꼭 무말랭이 같은 무를 꺼냈다. 설탕에 절어 달긴 하지만 버리려니 아까웠다. 반은 식초와 청양고추를 넣어 무 피클을 만들고 반은 고추장과 된장에 버무려 장아찌를 만들었다.

버리기 아까워 만들었는데 잘 삭혀서 먹어보니 밥도둑이 따로 없었다. 아삭하고 새콤달콤한 피클은 딸애가 잘 먹고 고추장과 된장에 박은 장아찌는 남편이 맛있게 먹었다.

무를 건져냈다고 발효가 다 끝난 것이 아니었다. 3개월이 지나 작은 유리병으로 옮겨 담았다. 뚜껑을 잘 닫아 다시 3개월 동안 후발효를 시켜야 무 효소가 완성된다. 후발효 과정을 거치지 않은 효소는 설탕물을 먹는 것과 같다고 했던 친구 효소 박사의 말을 마치 교과서처럼 따랐다.

마침내 후발효를 끝내고 무 효소가 완성되었다. 무 효소는 처음 만들어보는 것이라 조금 긴장이 되었다. 친구 말처럼 설탕물이 되었으면 어떡하지 싶어 유리병에서 조심스럽게 한 국자를 떴다. 남편과 딸은 마치 차 시음회라도 하듯 잔뜩 기대하며 무 효소 차를 기다리고 있었다.

뜨거운 물에 효소 한 숟가락을 넣어 먹어보니 단무지 냄새가 조금 났지만, 뒷맛이 제법 깔끔했다. 무 효소 차를 한 모금씩 먹어본 남편과 딸애도 흡족한 표정이었다. 남편은 효소 만들 때 몸도 약한 사람이 사서 고생한다고 걱정하더니 잘했다고 했다.

교사가 되겠다며 사범대학에 입학했던 딸애가 교생 실습을 다녀와서 진로를 바꾸었다. 딸애는 학교 현장에서 일어나는 교사의 고충을 이야기했다. 요즘 다들 귀하게 자라 개성이 강한 아이들을 잘 가르칠 자신이 없다고 했다.

딸애는 대학을 졸업하고 교육공무원 시험에 합격했다. 딸애가 공무원으로 근무한 지 벌써 2년이 되어간다. 임용고시를 포기한다고 할 때는 하늘이 무너지는 것 같더니 아침에 활기차게 출근하는 딸애를 보면 기특하고 대견하다. 한때 시시한 어른으로 성장할 것 같아 겁이 난다던 딸애가 슬기롭게 발효 과정을 잘 거친 덕분이리라.

도무지 앞이 보이지 않던 선발효 과정을 거친 딸애는 이제 한숨을 돌리고 후발효를 눈앞에 두고 있다.

딸애의 30대에는 또, 어떤 일이 기다리고 있을까. 딸애는 아직 발효 중이다.

그릇을 빚다

　　　　　　　　　　　　　　나막신인가, 아니 나뭇잎 배인가. 움
푹하게 들어간 타원형의 투박한 접시에 자꾸 눈이 갔다. 앞에서 보
면 영락없이 나막신인데 옆에서 보면 어릴 때 도랑에 띄우고 놀던
나뭇잎 배의 모습이다. 그릇 한 개를 이렇듯 낯설어 보이게 만들 수
있다니. 볼수록 신기하고 특이해 그릇에서 눈을 거둘 수가 없었다.

　직장 동료가 퇴직하고 도자기 학과에 진학했다는 소식을 들었는
데 어느새 공방을 차렸다는 연락이 왔다. 30년간 한 직장에만 근무
하던 사람이 새로운 분야에 도전한다고 했을 때 모두 걱정했다.

　쓸데없는 걱정이었다는 것을 보여주듯 그는 해냈다. 대학을 졸
업하고 공방을 차린 그를 직원들도 부러워했다. 30평쯤 되는 아담
한 공방에는 그가 만든 도자기도 있었지만 이름 있는 도예가가 만
든 생활자기가 많았다. 작은 접시부터 장식용 항아리까지 종류가
다양했다. 가격대도 천차만별이었다. 유명한 도예가의 이름이 붙어

있는 도자기 하나가 수백만 원이 넘는 것도 있었다.

첫 방문이라서 무엇인가 팔아줘야겠다는 생각으로 공방을 돌아보다가 내 눈에 들어온 것이 나막신을 닮은 그릇이다. 첫눈에 들더니 공방에 있는 내내 눈에서 떠나지 않았다. 나뭇잎 배 같으면서 나막신처럼 도톰한 굽이 달린 것이 반찬 접시나 볶음밥 같은 것을 담는 밥그릇으로 사용하면 좋을 것 같았다.

주위를 돌며 접시에서 눈을 떼지 못하는 내 심중을 알아차렸는지, 공방에 나와 있던 지인의 아내는 "그 접시는 여기 들어오는 사람이면 누구나 한 번씩은 만져보고 가격을 물어보는 인기상품이에요."라고 했다.

똑같은 접시를 두 개 사고 마음에 드는 그릇을 주섬주섬 고르다 보니 꽤 많은 돈이 나갔다. 그녀는 안면 때문에 돈을 쓰게 하는 것 같다면서 미안해했다. 제법 묵직한 그릇을 들고 공방을 나오며 여러 가지 생각이 겹쳐졌다. 이 그릇을 만든 도공은 어떤 생각을 하면서 물레를 돌렸을까. 내 생각처럼 나막신이나 나뭇잎 배의 모습을 생각하며 만들기는 했을까?

도자기는 도예가의 생각으로 빚는다. 도공은 머릿속에 있는 그림을 꺼내 기형을 만들고 성형하면서 원하는 모양을 찾아낸다. 도공이 돌리는 물레의 속도나 시간에 따라 투박하거나 아주 섬세한 기물이 만들어진다.

원하던 형태가 만들어지면 도공은 손으로 매만져 모양을 바로잡고 가마에 넣어 초벌구이한다. 초벌구이를 마쳐야 비로소 도자기의 역할이 정해진다. 초벌구이한 도자기는 항아리, 커피잔, 접시, 밥그릇 등, 종류에 따라 분류하여 그림이나 글씨를 새겨 넣고 유약을 발라 다시 재벌구이에 들어간다.

이렇게 여러 차례 번거로운 과정을 거친 기물을 1,200도가 넘는 불가마 속에서 20시간 이상 다시 구워야 비로소 도자기가 완성된다. 그러나 여기서도 마음을 놓을 수는 없다. 완성되어 나온 도자기가 도공의 눈에 들지 않으면 바로 깨뜨려버린다. 도공은 자기가 구워낸 도자기에서 생명력을 느낄 수 없기 때문이라고 한다.

결혼하면 엄마가 될 준비를 하고 가장 건강한 시기에 아이를 잉태하는 것처럼 도공도 가마에 불을 때는 날은 새벽 일찍 일어나 씻고 신성한 마음으로 불을 지핀다. 도공에게는 도자기 굽는 일이 자식을 생산하는 일이나 마찬가지로 소중하기 때문이다.

도공이 흙으로 귀한 예술품을 만드는 것처럼 친정어머니도 나를 그렇게 빚었을 것이다. 아주 작아 눈에 보이지도 않는 미세한 생식 세포를 받아 들여 안전하게 착상시키고, 좋은 것만 보고 좋은 음식만 드시며 태어날 아기를 기다렸을 것이다. 건강하고 정상적인 아기를 낳으려고 아파도 약을 먹지 않고 견뎌야 하는 어머니의 마음이 가마에 불을 때는 도공의 정신과 같으리라.

어머니가 나를 귀하게 낳았듯이 딸애를 임신했을 때 세상에서 나 혼자 아이를 가진 것처럼 유별나게 열 달을 보냈다. 퇴근해 돌아오는 남편은 배 속의 아기에게 기타를 치며 좋은 노래를 불러주었다. 아기가 아빠를 기억하도록 남편은 자주 목소리를 들려주었다.

우리 부부는 아이가 예쁘고 건강하게 태어나도록 반듯하고 좋은 생각만 했다. 태교 음악을 듣고 책을 읽으며 태아한테 좋지 않은 음식은 아예 손도 대지 않았다.

도공의 이름값을 하는 도자기는 도공의 혼이 들어간 작품이다. 귀한 작품을 만들려고 몇 번이나 옹기를 깨뜨려버리는 도공처럼, 나도 열 달 동안 딸애를 건강하고 안전하게 품어 순산했다.

유난히 힘들고 긴 입덧으로 얻은 자식이라 출산의 기쁨은 말로 표현할 수가 없었다. 하나뿐인 딸애가 자라면서 성장통을 앓을 때도 쉽게 깨지지 않고 넘치지 않는 그릇으로 키우려고 무던히도 애썼던 것 같다.

늘 품 안에 자식처럼 여기던 딸애가 대학을 졸업하고 벌써 사회생활을 시작했다. 아침에 화장하고 출근하는 딸애를 볼 때면 딸애의 그릇엔 무엇이 담겨 있을까 궁금해진다.

사 온 접시에 잘 익은 김장김치를 포기째 담아 저녁상에 올려놓으니 훨씬 제 모습이 살아났다. 마치 긴 머리를 질끈 동여매고 물레를 돌리며 땀을 닦는 도공의 모습을 보는 것 같았다. 호기심에 김치가 담긴 그릇을 살짝 옆으로 돌려놓았다. 조금 전까지 나막신 같던 접시가 금세 나뭇잎 배가 되었다. 도공은 이 그릇을 만들 때 무엇을 담을 생각으로 물레를 돌렸을까. 혹시, 예쁜 꽃을 꽂아둘 수반으로 만들었는데 내가 감히 김치를 담은 것은 아닐까?

뒤

             오늘따라 남편의 뒷모습에 자꾸 신경이 쓰인다. 덥수룩하게 자란 수염과 귀를 덮은 곱슬머리가 천생 베토벤의 모습과 흡사하다. 갈아입으라고 바지를 내놓아도 굳이 구겨지고 후줄근한 옷을 그냥 입고 나서는 것을 보니 정말 남편이 맞나 싶다.

피부가 하얘서 그런지 남편은 눈에 띄는 편이다. 그래서인지 지인들은 남편이 귀공자처럼 자라 고생은 전혀 안 해본 사람일 거라 생각한다. 그렇게 깔끔하고 귀티 난다는 말을 듣는 사람이 집에서 뒹굴던 것처럼 아무렇게나 하고 나가는 것을 보니 영 뒤가 개운치 않다.

남편을 배웅하고 돌아서는데 콘솔 위에 놓여 있는 도자기와 눈이 마주친다. 늘 같은 자리에 놓여 있었는데 오늘은 마치 새로운 것이라도 발견한 양 두 눈이 재빠르게 도자기를 주워 담는다. 은은한

청잣빛에 작은 학이 그려진 항아리다.

갑자기 항아리의 뒤는 어떤 모습일까 궁금해졌다. 항아리를 들어 돌려보았다. 그래도 역시 같은 모습이다. 사방이 모두 둥글다. 날씬하게 잘 빠져 요염해 보이기까지 하는 주둥이 말고는 대체로 민틋하다. 머리를 숙여 안을 들여다봐도 둥글다.

도자기를 한 바퀴 돌리며 찬찬히 뜯어본다. 이 항아리도 도자기로 빚어지기 전에는 한낱 흙이었을 것이다. 처음부터 잘나지도 눈에 띄지도 않던, 그저 땅 위에서 평범하게 뒹굴던 흙일 뿐이었다.

도자기의 뒷면을 보며 문득 남편의 야윈 젊은 날이 떠올랐다. 후유, 한숨이 나온다. 10여 년이나 지난 일이라 이만하면 잊을 법도 한데 아직 뼛속까지 다 아물진 않은 모양이다.

이미지가 차가워 냉정할 것 같은 남편은 뜻밖에 마음이 여리고 사람을 잘 믿는다. 그렇게 자기 맘만 생각하고 남을 잘 믿는 습자지귀 때문에 하마터면 길바닥에 나 앉을 뻔했던 일이 있었다. 남자는 한 번쯤은 보증을 서주어 집안 망신을 준다더니 남편도 예외는 아니었다.

이혼하고 혼자 아이들을 키우며 고생스럽게 사는 남편 친구가 있었다. 초등학교 동창인 그는 일거리가 없어 허덕이고 이미 신용 불량자라 은행 거래도 막혀 있었다. 어릴 때부터 친하게 지내던 사이라 남편은 어렵게 사는 친구를 늘 안타깝게 여겼다.

남편은 나 모르게 친구에게 보증을 서주었던 모양이다. 남편도 몇 번은 거절했지만 자칫하면 간신히 꾸려나가고 있던 공장이 경매로 넘어가게 생겼다는 친구를 그냥 보고 있을 수만은 없었다고 했다.

어느 날 퇴근하고 들어오는데 우편함에 봉투가 꽂혀 있었다. 남편 앞으로 온 독촉장에는 내가 감당하기에는 너무나 큰 금액이 적혀 있었다. 순간 가슴이 덜컥 내려앉았다. 떨리는 가슴을 진정하지 못하는 내게 남편은 친구가 갚는다고 했으니 걱정하지 말라고 했다.

세상 물정 모르고 살았기에 그저 남편 말만 믿었다. 몇 번의 독촉장이 더 날아오고 은행에서 전화가 걸려왔다. 급기야는 남편의 급여를 압류하고 우리 집을 저당 잡겠다는 단호하고도 간결한 내용이 적힌 최고장이 날아왔다.

눈앞이 깜깜했다. 나 몰래 대출해 빌려주고 보증 서준 것만도 화가 나는데 집을 압류한다니 손이 부들부들 떨렸다. 적은 돈도 아니고 웬만한 직장인의 1년 치 연봉이 넘는 금액이었으니 쉽게 해결할 방법이 없었다. 오늘내일 갚겠다고 미루던 남편 친구는 이미 자취를 감추어 누구에게 하소연할 수도 없었다.

기저귀도 떼지 못한 딸애를 어린이집에 맡기며 맞벌이해 어렵게 마련한 내 집이었다. 하루아침에 거리로 나가게 생겼으니 말문이 닫혔다. 그러고 나서 강산이 한번 바뀌고 다시 몇 번의 봄이 말없이 왔다 갔다. 계절이 바뀌어도 남편은 친구의 빚물이 하느라 언제나 겨울나무 같았다.

참, 이상하다. 왜 모든 것들의 뒤편을 들추면 서러운 것들이 많을까. 어릴 때 뒤란에 가면 왠지 을씨년스럽고 스산한 기분이 들었다. 그곳에는 깨진 항아리나 찢어진 고무신, 녹슨 놋그릇 등 앞에 내놓기 민망한 물건들이 많았다. 그렇게 보기 흉한 물건은 뒤란에 숨겨놓는 것처럼 존재하는 모든 것들의 뒤에는 남들이 알지 못하는 아픔과 슬픈 그림자가 깔려 있다. 흙이 도자기가 된 것처럼 화려함 뒤에 숨겨진 훈장 같은 흔적들이다.

친구의 배신으로 우리 부부는 얼마나 긴 세월을 되돌아왔는지 모른다. 그날 이후 남편과 나는 오랜 시간 낯선 곳에 서 있었다. 힘 겹게 닥친 일이 모두 남편의 잘못이라고 생각해서 눈조차 맞추지 않았다. 내 아픔만 생각하고 남편의 고통은 알려고 하지도 않았다. 당장 내 눈앞에 닥친 삶이 서럽고 믿음을 저버린 남편이 용서되지 않았다.

어느새 오후 세 시의 문턱에 다다른 남편은 그 친구를 다시 만나기 시작했다. 도저히 용서할 수 없을 것 같던 친구였지만 지나가던 세월이 슬쩍 그의 안부를 전해주었다. 남편은 뒷일은 다 묻어두고 어느 한 시절은 그와 함께 울고 웃던 막역한 친구였다는 것만 생각하기로 했단다.

그렇다. 남편의 말처럼 누군가를 온전히 받아 들이는 일은 그 사람의 뒤란까지 감싸 안아야 하는 일이다. 눈에 보이는 것만이 아닌 그의 등 뒤에 숨은 쓸쓸한 그림자까지도 보듬을 줄 알아야 할 것 같다. 내가 만약 남편의 어두웠던 뒤를 껴안지 않았다면 남편은 지금 어디쯤 서 있을까. 어쩌면 남편은 남루한 자기의 뒤를 감추기 위해 또 다른 뒤편을 만들고 있을지도 모르겠다.

편지

　　　　　　　　　　　　서랍 정리를 하다 요즘 보기 드물게
펜으로 정성 들여 쓴 편지 한 통을 발견했다. 딸애가 어버이날에 보
낸 편지였나 싶어 읽어보니 어느 해 가을 수원에 있는 교도소에서
온 편지였다. 펜으로 쓴 편지를 받아본 적이 언제이던가. 컴퓨터를
사용하고 인터넷을 생활화하면서는 펜으로 글 쓸 기회가 없었다.

　신문과 잡지에 글을 실으면 가끔 메일이나 전화가 올 때가 있다.
그때마다 감사의 표시로 답글을 보내긴 하는데 교도소에 있는 사람
이 보내온 편지는 겁부터 났다. 편지는 내 글을 읽고 감명 깊었다며
글에 대한 느낌과 자신의 감정을 적은 세 장이나 되는 장문이었다.

　교도소에서 어떻게 내 주소를 정확히 알았을까. 어느 책에서 보
았을까 하는 의문으로 머릿속이 복잡해지기 시작했다. 편지 끝에
꼭 답장을 받아봤으면 좋겠다는 말이 다짐받듯이 몇 번이나 쓰여
있어 무시하기도 쉽지 않았다. 며칠을 혼자 고민하다 남편과 동료
에게 살짝 귀띔했다. 하나, 돌아온 대답은 한결같이 답장하지 않는

것이 좋겠다고 했다.

그런저런 이유로 편지를 서랍에 넣어두고 교도소 주소가 적힌 편지 봉투는 없애버렸는데, 그때 내가 잘못 생각했던 것은 아닌가 하는 생각이 든다. 어떤 이유로 교도소에서 생활하는지 모르지만, 글의 내용과 표현력으로 봐선 독서량도 많고 문학에 대한 열정도 대단한 사람 같았다.

중학교 때였다. 내가 학교 다니던 때에는 일 년에 한두 번 국군 장병에게 위문편지를 썼다. 요즘은 문자 메시지와 이메일로 바깥세상과의 연락이 자유롭지만, 당시만 해도 군인들의 즐거움은 위문편지와 위문품을 받는 일이라고 했다.

2학년 겨울, 크리스마스를 앞두고 답장이 왔다. 대학교를 휴학하고 군대에 갔다는 그 사람은 계급이 하사였다. 편지의 내용이나 글씨체를 봐도 다른 군인들이 보내온 편지와는 사뭇 달랐다. 예의로 한 번 답장해주고 잊어버렸는데 그 사람한테서 계속 편지가 날아왔다. 집으로 오는 편지이니 부모님께서 알게 되었다. 군에서 오래 근무하셨던 아버지께서 군대에서 편지 받는 일만큼 기쁜 일은 없다며 답장을 해주라고 하셨다.

그 사람과의 편지가 시작되었다. 내가 한 번 보내면 그 사람한테서는 두세 통씩 답장이 왔다. 오빠, 동생처럼 오고 가던 편지가 백여 통이 넘었다. 그사이에 나는 고등학생이 되었고 그 사람도 군 생활에 마침표를 찍을 날이 가까워졌다.

제대를 며칠 앞두고 그가 군복 입고 찍은 사진을 보내왔다. 그는 제대하고 학교로 돌아가 공부하겠다고 했다. 나도 마지막 편지를 보냈다. 그런데 예상도 못 한 답장이 다시 날아왔다. 제대 후에도 계속 편지를 하자며 만나고 싶다고 했다.

지금 생각하면 별일도 아닌데 그땐 그렇게 말하는 그 사람이 두려웠다. 당시는 얼굴도 안 보고 펜팔하는 것이 유행이었다. 편지로 이어져 결혼한 루쉰처럼 사귀다가 결혼을 하는 사람도 많았다.

편지는 인간의 고리를 이어주는 역할을 한다. 시작은 사제 간이었지만 결국은 부부가 되어버린 루쉰과 쉬광핑은 편지가 맺어준 세기의 사람들이다. 『루쉰의 편지』는 사회운동가였던 그의 제자 쉬광핑과 7년간 주고받은 170여 통의 편지 중 43편의 편지를 엮은 책이다. 유부남이었던 루쉰과 제자 쉬광핑은 소소한 일상과 사회 개혁을 함께 고민하고 교류하다가 연인으로 발전했고 결국은 결혼으로 맺어졌다.

서랍 속에서 꺼낸 편지를 읽어 내려가다 그 사람 생각이 났다. 어떤 마음으로 계속 펜팔하고 만나고 싶어 했는지 궁금하기도 했다. 살면서 스치듯이 그 사람의 이름이 생각날 때면 빚쟁이 같은 생각도 들었다.

명쾌하지 않은 기억들은 세월이 아무리 감싸 안아도 추억으로 변하지 않는다. 같이 겪은 일도 상대에겐 추억이 되고 나한테는 빚으로 남을 수 있다. 그러니 기억이란 인간에게 있어 얼마나 이기적인가. 그런 줄 알면서도 이제 나는 한 명의 이름을 더 기억해야만 할 것 같다.

다시 편지를 읽어본다. 빨간색 볼펜으로 밑줄을 그은 문장에 시선이 머문다. 내 글을 인용하고 밑줄을 그어가며 꼼꼼하게 평을 남겼다. 세상과 단절된 닫힌 공간에서 글을 읽고 편지를 보내는 일이 어디 쉬운 일이었을까.

10여 년 전 여성 문인협회에서 여자교도소 수용자들과 문학 행사를 하면서 교도소 내의 벽이 그렇게 높은 줄 처음 알았다. 그 높은 담벼락 아래에서 미지의 사람한테 편지를 썼을 그 사람은 얼마나 많은 생각을 했을까.

교도소에 있다는 이유로 답장을 보내지 않았던 것이 그 사람에게 인간을 나누는 편견을 심어준 것은 아니었을지. 그 사람도 쉬운 마음은 아니었을 텐데. 나를 여자로 생각하기 전에 내 글을 대상으로 편지를 보냈을 그 사람이 돌아오지 않는 답장을 기다리다 지쳐 편지 쓰는 일을 잊어버리지나 않았으면 좋겠다.

지나고 나면 늘 후회투성이다. 왜 그때의 내 생각과 지금의 생각이 같을 수는 없는 건지. 사회가 만들어준 안경을 쓰고 마음대로 상대를 재단했던 내 마음이 오히려 감옥에 갇혀 있었던 것은 아니었을지.

어쩔 수 없이 이제는 갚을 수 없는 빚이 되었지만, 언제고 다시 마음을 돌려줄 기회가 온다면 기꺼이 편지를 쓸 것이다. 가슴속에 눅진하게 남아 있는 부채를 상환하고 싶다.

손을 읽다

중년이 되니 얼굴보다도 손에서 더 나이가 느껴진다. 세상이 좋아져서 성형한 얼굴은 나이를 비껴갈 수 있지만, 손에서 느껴지는 나이는 속일 수가 없다. 손은 정직하다. 손을 보면 그 사람이 살아온 내력을 알 수 있듯이 손을 읽으면 많은 이야기를 들을 수 있다.

언제부터인가 사람을 만나면 손에 먼저 눈이 간다. 드라마에 나오는 여자 연예인을 봐도 얼굴보다는 손에 더 눈길이 가는 것을 보면 나도 나이가 든 모양이다.

손은 그 사람이 걸어온 시간을 읽어준다. 지인 중에 손이 참 희고 예쁜 사람이 있다. 얼굴에는 세월의 흔적이 역력한데 이상하게도 손은 마디 하나 없이 매끈하고 고와 나도 모르게 자꾸 눈길을 주게 된다. 반면, 다른 이는 그녀와 아주 대조적이다. 주름살 하나 없는 얼굴로 봐서는 50대도 안 되어 보이는데 손은 나무토막처럼 마디가 굵고 억센 것이 영락없는 중년 여인의 모습이다.

여자들이 모인 자리에 가면 입보다도 손이 먼저 수다를 떤다. 손 사래를 치며 나누는 대화는 입으로 하는 이야기보다 더 생동감이 느껴진다. 수화하듯이 빠르게 움직이며 오르내리는 손을 따라가다 보면 내 눈이 현기증을 일으킬 때도 있다. 그들 속에는 집안일도 안 해본 것같이 고운 손이 있다. 알 굵은 보석 반지를 낀 손이 있고 지렁이같이 힘줄이 굼실거리는 손과 관절염을 앓아 퉁퉁 부어오른 손도 있다.

사람을 만날 때면 손을 눈여겨보는 습관이 있는데 내 눈에서 지워지지 않는 손이 있다. 몇 년 전 여자교도소의 글 공모전 시상식에서 대상을 받던 수용자의 하얀 손과 꼬깃꼬깃한 지폐를 내 손에 쥐여주시던 할머니의 따뜻한 손, 그리고 요양원에서 만난 간병인의 값진 손이다.

교도소에서 만난 그녀의 손은 손가락이 길고 늘씬했다. 흔한 반지 하나 끼지 않았지만 어딘지 모르게 귀티가 흘렀다. 고무줄로 머리를 질끈 동여매고 푸른 죄수복을 입은 그녀한테 어울리지 않게 상장을 받아드는 손은 하얗다 못해 파리했다. 군살 없이 길고 매끈한 그녀의 손을 보며 피아노의 검은 건반이 스쳐 갔다. 저 손으로 로망스를 연주하면 얼마나 아름다울까. 저렇게 예쁜 손으로 무슨 죄를 지었기에 이곳에 있을까 하는 생각이 들었다.

사람의 몸 중에서 손은 유난히 정이 많고 사려도 깊다. 그래서 처음 만나는 사람이나 화해를 청하는 사람한테는 악수를 하나 보다. 누군가의 손을 잡을 때면 할머니의 손이 생각난다. 어릴 때 나를 키워주시던 할머니의 손은 울퉁불퉁하게 힘줄이 튀어나왔다. 물마를 새 없는 손가락에 지문이 다 지워졌지만, 세상에서 제일 따뜻한 손이었다.

추운 겨울날 학교에서 돌아오면 할머니는 투박하고 까칠까칠한 손으로 내 작은 두 손을 감싸 쥐고 따뜻한 체온으로 녹여주셨다. 어린 마음에 피부에 와닿는 꺼끌꺼끌한 느낌이 싫어 때로는 손을 뿌리치기도 했었는데 다시는 잡아볼 수 없는 할머니의 손이다.

할머니의 손이 그랬듯이 부지런하고 열심히 일하는 손은 대부분 거칠고 투박하다. 바로 성실하게 손의 임무를 다했다는 자격증이기도 하다. 어머님이 입원해 계시던 노인병원에 유급 간병인과 자원봉사를 하는 간병인이 있었다. 환자 대부분이 거동이 불편한 분들이라 간병인이 어르신들의 손이 되어주었다. 밥을 떠먹이고 목욕을 시키고 기저귀를 갈아주는 일이 모두 간병인의 손이 하는 일이었다.

한 병실에 여섯 명의 환자를 돌보느라 힘들 만도 한데 어머님이 계시던 병실의 간병인은 얼굴 한번 붉히지 않았다. 숟가락질도 힘들어하시던 어머니의 모든 움직임을 대신 한 것도 그녀의 손이다. 정신이 온전하지 못하니 가끔 수발을 거부하고 거친 말을 할 때도 있는데 그때마다 그녀는 지혜롭게 위기를 넘겼다.

그녀를 보고 있으면 내가 한없이 작아지는 느낌이 들었다. 그녀는 하루에도 서너 번씩 대변을 치우고 기저귀를 갈아드렸다. 어머니의 엉덩이를 아기 다루듯 톡톡 두드려주는 손을 보면서 며느리라는 자리가 부끄러웠던 적이 한두 번이 아니다. 물론 월급 받고 하는 일이지만, 환자의 대소변을 받아내고 목욕시키는 일이 어디 쉬운 일인가. 그녀의 손이야말로 사명을 타고난 손 같아 위대해 보였다.

내 손은 어떤 손일까. 내 손을 가만히 들여다본다. 마디만 굵어진 앙상한 손에 마땅찮은 듯 성난 힘줄이 가득하다. 50년이 넘도록 부려먹기만 했더니 요즘은 손이 나를 상대로 시위 중이다. 잠자는 동안에도 통증이 느껴질 만큼 쑤시고 아프다. 그동안 모르는 체하고 살아온 세월이 아주 길었던 것 같다. 달랠 요량으로 침도 맞고 물리치료를 받아보지만 받아줄 기미가 보이지 않는다. 내가 달래주는 방법이 썩 마음에 들지 않는 모양이다.

병원에 다녀오는 날이면 이러다 내 손도 남의 도움을 받아야 하는 날이 오는 것이 아닐까 싶어 두려운 생각도 든다.

요즘은 손이 상전이라며 손을 좀 쉬게 해주라는 의사 선생님의 말씀에 공감하지만, 아직도 나는 손에 물 묻히지 않고 살아갈 수 있는 재간이 없다. '내 손이 내 딸이다.'라는 옛말처럼 내 손을 움직여야 밥상이 차려지고 집안이 훤해지니 말이다.

누군가에게 내 거친 손을 내밀어 내가 살아온 시간을 읽어보라고 한다면 그는 어떤 표정을 지을까. 생각건대, 그는 머뭇거림 없이 앞치마에 손을 닦는 무수리의 얼굴을 떠올릴 것만 같다. 아무려면 어떠랴. 내 손이 수고하여 다른 사람이 행복해질 수 있다면 그 또한 내 손에 대한 예의와 보상을 다 하는 것이 아닐까.

바코드

할인 판매 마지막 날이라 마트가 북적거렸다. 물건을 계산하던 직원이 호박 봉지를 들고 이리저리 살핀다. 아무리 봐도 애호박에 가격표가 없었다. 고개를 갸웃거리던 계산원이 아르바이트생을 불렀다.

호박을 들고 급히 식품 판매장으로 뛰어 내려간 아르바이트생이 가격을 알아 왔다. 바코드 없이 작은 쪽지에 쓰여 있는 호박 가격은 오늘 정상가로 판매하는 가격의 절반인 팔백 원이다. 전날 팔던 것이지만, 오늘 들어온 것과 별다르지 않은데 반값이라니 그야말로 거저 들어온 호박 덩어리였다. 한데, 팔다 남은 것이라고 상품 코드까지 없단 말인가. 가격표 없이 밀려나 있는 호박이 어쩌면 그렇게 우리네 인생과 흡사할까 싶은 생각이 들었다.

바코드는 상품에 이름, 제조회사, 가격 등을 표기하는 기호로 상품의 족보이다. 사람으로 말하면 주민등록증 같은 것이다. 세상이 좋아져 전산으로 계산하니 바코드가 없는 제품은 살 수조차 없다.

어느 제품이나 바코드 없이는 유통 또한 어렵다고 한다.

바코드가 있어야만 제품 값을 계산할 수 있듯이 주민등록증으로 신분을 확인하던 시절이 있었다. 20대 초반에 커피숍이나 주점에 가면 주민등록증을 내보여야 했다. 미성년자 출입을 금지하려는 것이었지만, 그 시절엔 주민등록증 하나로 신분 확인이 가능했었다. 그런데 어느 때인가부터 주민등록증의 소용 가치가 없어지기 시작했다. 꼭 필요한 은행이나 관공서에서의 업무 외엔 주민등록증을 사용하는 일이 줄었다.

요즘은 사원 번호가 등록된 신분증 한 장이면 신원이 확인된다. 군번처럼 하찮은 종잇조각에 적힌 일련번호가 그 사람을 대변하는 바코드가 된 셈이다. 결국은 바코드를 취득하려고 공부를 한다고 해도 과언이 아니다. 갈수록 취업난이 문제다. 이제는 대학을 졸업해도 취직이 어렵다. 그만큼 구직자들은 직장 잡기 어렵고 직장을 다니고 있어도 수시로 있는 명예퇴직제도 때문에 마흔이 넘어서면 위기를 느낀다.

입사하고 청춘을 직장에 다 바쳤던 한 지인은 동기들보다 승진이 빨랐다. 젊은 나이에 빠른 진급으로 대기업의 부장이 되었다. 하지만 그는 승진한 지 고작 2년 만에 퇴직해야 했다. 그 자리에 오르느라 그는 아이들이 커가는 것도 모르고 주말 한번 변변하게 못 보냈다. 일 중독자처럼 매일 직장에 매여 살았는데 어이없게도 책상 위에 명패가 바뀌는 것은 하루가 걸리지 않았다.

요즘은 마흔이 넘어 한창 일할 나이에 직장을 그만두어야 하는 것이 현실이다. 직장을 그만두면 경제적인 부담이 크지만, 무엇보다도 신분이 상실되는 데서 오는 무력감을 견디기가 어렵다고 한다. 제아무리 높은 지위에 있던 사람이라도 퇴직하는 순간 직위가 없어지기 때문이다.

평소에 뛰어난 카리스마로 직장에서 신뢰받았던 사람도 직장을 떠날 때는 초라했다. 그러니 자신의 존재감을 확인시켜주는 바코드의 위력이 얼마나 대단한 것인가. 어떤 지인은 퇴사 후에 사람을 만났을 때 건네줄 명함이 없어 손이 오그라드는 기분을 느꼈다고 했다. 그는 구직 활동자라는 명함이라도 꼭 가지고 다녀야겠다는 우스갯소리까지 했다.

갈수록 세상이 좋아지니 이젠 바코드 없이는 하루도 살 수 없는 시대가 되었다. 직장에서는 전자결재를 하니 사원 번호가 입력된 바코드가 없으면 아무 일도 할 수가 없다. 하물며 어떤 직장에서는 메신저로 출퇴근 확인마저 한다고 하니 얼마나 각박한 세상인가. 그런가 하면 같은 회사에서 오히려 더 많은 일을 하면서 바코드를 부여받지 못하는 비정규직이 의외로 많다. 밀려난 호박처럼 비정규직으로 근무하는 사람이다.

앞으로 우리 아이들이 살아갈 시대는 주민등록증 하나로 모든 권리를 누릴 수 있는 세상이었으면 좋겠다. 밀려난 호박처럼 바코드 때문에 신분의 차별을 받지 않는 시대였으면 한다. 굳이 정규직과 비정규직으로 나뉘지 않아도 되는 세상, 재래시장 모퉁이에 할머니의 손에 들린 애호박처럼 바코드가 없어도 전혀 불편하지 않은 세상이 왔으면 좋겠다.

제3부

보물찾기

밥

모처럼 현미밥을 지었더니 수저를 드는 남편의 낯빛이 좋지 않다. 무슨 논리인지 모르지만, 남편은 현미밥을 먹으면 소화가 안 되고 입맛이 없어진다고 한다. 식성이 까다로운 편이지만 반찬 투정은 하지 않는 남편이 왜 밥 타박을 하는지 알 수가 없다. 남편은 어린아이처럼 흰 쌀밥만 고집한다. 성인병이 걱정되어 현미라도 섞는 날은 다 먹을 때까지 짜증을 부려 식탁 분위기가 싸늘하다. 아침 밥상머리에서 잔소리하는 남편 때문인지 간밤에는 밥 먹는 꿈을 꾸었다.

밥 먹고 자라는 친정어머니의 목소리에 이불을 밀어내고 나오니 밥그릇 놓을 자리도 없이 한 상 푸짐했다. 고등어 맛이 알맞게 배잘 무른 무를 한 입 베어 먹고 된장찌개 한 숟가락을 떠먹는데 어째 기분이 이상했다. 아, 엄마는 돌아가셨는데, 입안 가득 밥을 넣고 씹으면서도 엄마 생각에 벌떡 일어났다.

꿈이었다. 조금 전까지만 해도 내 앞에서 고등어 살을 발라주시던 어머니는 간데없고 사방이 깜깜했다. 꿈에서 어떻게 그런 맛을 느낄 수가 있을까. 어머니가 해주신 밥을 생시보다 더 선명하고 맛있게 먹었던 생각에 눈물이 왈칵 쏟아졌다.

어머니가 떠나신 지 한 달이 지났다. 아직도 믿기지 않아 걸핏하면 불면의 밤을 보내는데 방금 다녀가신 어머니 생각에 하염없이 눈물이 흐른다. 어머니는 돌아가시기 한 달 전 '이렇게 못 일어날 줄 알았으면 평소에 너한테 밥 더 자주 해줄걸 그랬다.'고 하셨다. 그 말이 마음에 걸리셨는지 어머니는 꿈속까지 홀연히 다녀가셨다.

부끄럽지만 쉰 살이 넘도록 어머니가 해주는 밥만 먹었다. 어머니는 돌아가시기 전 병원에 계시던 8개월 빼고는 한평생 밥상만 차리신 것 같다.

밥상 앞에 앉으면 평생을 고독하게 주방에 혼자 서 계시던 어머니의 뒷모습이 아른거린다. 다들 잠든 새벽녘에 육 남매의 도시락을 싸던 어머니의 방은 부엌이었다. 자식들 먹이려고 곰국이라도 끓일 때면 혹여 국물이 졸아붙을까 주방 바닥에 허리를 고이던 어머니. 잠깐 눈을 붙였다가 깜짝 놀라 일어나시던 어머니. 밤새 쪽잠을 자며 끓여낸 희뿌연 곰국은 바로 어머니의 등골이었다. 어머니를 떠올리면 저절로 밥상이 차려진다. 어머니의 몸 어느 곳에나 숟가락을 대면 하얀 쌀밥이 쏟아져 나올 것만 같다.

밥은 사람들한테서 믿음을 건져 올린다. 가난과 피곤함에 절어 날이 선 푸른 눈매의 사람들, 퇴색된 열정들까지도 밥을 나누면 구순해진다. 미운 사람 밥 한 숟가락 더 주라고 표현할 만큼 길쭉하고 둥근 모양이 제각각인 쌀알이 엉긴 밥 속에는 수많은 감정이 섞여 있다.

자주 말썽 부려 어머니 속을 썩이던 남동생이 산불을 냈다. 이른 봄 연둣빛 희망에 들떠 있던 산은 귀가 얇아 바람이 이끄는 대로 불길을 넓혀갔다. 누구 짓인지 큰일 났다고 혀를 차며 불구경하던 사람들 사이에 어머니와 나도 끼어 있었다. 불을 끄고 순경과 지서로 가셨던 아버지는 중학교에 다니던 동생 대신 벌금 쪽지를 받아 들고 오셨다. 그날 밤 어머니는 다락방에 올려놓았던 잘 익은 호박을 꺼내 노란 호박국을 끓였다. 겁에 질려 고개도 들지 못하는 동생한테 속을 편하게 해주는 호박국을 먹이려는 어머니의 애틋한 마음이 녹아든 밥상이었다.

밥을 나누는 일은 마음을 나누는 일이다. 입을 열면 자연스럽게 마음이 열린다. 사람의 기억 중에서 가장 오래도록 기억되는 것은 맛이라고 한다. 또한, 한번 길든 입맛은 절대 길을 잃지 않는다. 그러고 보면 사람의 혀는 꽤 지조가 있는 것 같다. 아직도 내 혀가 기억하는 최고의 밥맛은 친정어머니가 해주신 밥이다. 친정어머니의 밥은 맛이 예쁘고 곱다. 깔끔한 성품처럼 쓸고 닦은 어머니의 살림살이와 닮은 윤기가 도는 맛이다. 밥맛이 곱고 예쁘다고 하면 참, 별나게 표현한다는 이들도 있겠지만, 어머니의 밥맛을 어떻게 달리 표현할 문장이 없다.

어머니의 밥은 자연을 닮았다. 자연은 몸에 해롭지 않도록 스스로 해독하는 법을 안다. 당신 몸의 절반을 떼내 자식을 빚은 어머니의 손도 그렇다. 그래서 어머니가 해주시는 밥은 탈이 없고 든든한 것 같다.

　못난 딸이 못 미더우셨을까. 어머니는 돌아가셔서도 밥 많이 먹고 힘내라며 든든한 밥상을 차려주셨다. 평소 같으면 장례식장에서 밥 먹는 일은 어림도 없는 일인데 어머니를 빈소에 모셔놓고 나는 밥을 먹었다. 내가 나를 믿을 수 없을 만큼 메밀 부침개와 육개장이 맛있어 연방 젓가락이 입안을 오르내렸다.

　화장터 온 지 두 시간이 지났을까 벌겋게 달군 화로에 들어간 어머니는 한 줌의 하얀 가루가 되어 나왔다. 어머니를 품은 하얀 백자 항아리는 어머니의 삶을 말해주듯 정갈하고 소박했다. 늘 어머니가 내게 해주시던 밥처럼 따뜻한 백자 봉분에서 어머니의 성품이 그대로 전해져 한동안 가슴에서 내려놓지 못했다.

　어머니를 보내면서 생각한다. 아직도 밥이라는 수식어가 따라붙는 어머니처럼 나는 누군가한테 따뜻한 밥으로 산 적이 있었던가. 기분에 따라 밥투정을 하는 남편한테 나는 어떤 맛으로 기억될까. 기분이 안 좋은 날은 쌀밥을 해줘도 고두밥이니 진밥이니 하면서 밥 타령을 하는 남편은 혹시 나를 밥도 제대로 못 짓는 여자로 생각하지는 않을까.

　다시는 어머니가 해주신 밥을 먹을 수 없다고 생각하니 남편이 밥 타박을 해도 화가 나지 않는다. 그래, 남편 입에 맞는 밥 해주는 것이 뭐가 어려우랴. 내가 친정어머니의 예쁜 밥맛을 기억하듯이 어쩌면 남편의 혀도 어렵던 시절 귀하게 먹던 기름기 좔좔 흐르는 하얀 쌀밥만을 기억하고 있는지도 모르겠다.

아버지의 구두

어찌나 까다로운지 구두 한 켤레 사는데 몇 시간을 돌아다니고서야 겨우 살 수 있었다. 모양이 좋으면 굽이 높고, 예뻐서 신어보면 맞는 것이 없었다. 몇 군데를 다니다가 아주 마음에 드는 구두를 신고 입이 귀에 가 걸리는 딸애를 보니 중학교 때 아버지가 맞춰 준 검정 구두가 생각났다.

70년대 중후반이었으니 구두 신고 다니는 여학생이 흔하지 않았다. 대부분 청색 운동화를 신고 다녔다. 나도 입학하면서 산 운동화를 신고 다녔는데 하루는 아버지가 수업 마치고 시내로 나오라고 했다.

무슨 일인지도 모르고 아버지가 기다리고 계시는 곳으로 가니 수제 구두 전문점이었다. 회사에서 잠시 짬을 내서 나오신 아버지는 구두점 안에서 누구보다도 환하게 웃고 계셨다.

예쁜 기성화가 많은데 비싸게 구두를 맞추느냐는 어머니의 말씀에 아버지는 여자는 구두도 발에 꼭 맞게 신어야 한다고 하셨다. 발이 편해야 공부도 잘되고 일이 순조롭게 풀린다며 좋은 구두는 애착이 가서 더 오래도록 신을 수 있다고 하셨다.

신고 간 운동화를 벗고 발 길이를 재고 발등에 끈을 걸어 고리를 채우는 구두 디자인을 골랐다. 아버지는 당신의 신발을 맞추는 것보다 더 신이 나 얼굴에 웃음기가 가시지 않았다. 우리 딸이 중학교 들어갔는데 예쁘게 만들어달라고 당부했다. 구두를 사는 것만도 좋은데 맞춤 구두를 신는다고 생각하니 마음이 들떴다.

친정은 육 남매인데 딸로는 내가 장녀다. 위로 오빠가 둘 있지만, 아버지는 오빠들보다도 나한테 더 애착을 두셨다. 옛날 분 같지 않게 딸이라고 차별하는 법이 없었다. 어느 잎새 하나 젖을까 섭섭한 자리를 다독이며 넉넉하지 못한 살림이었지만, 아버지는 늘 내 주머니를 든든하게 채워주었다.

학생한테 무슨 용돈이 필요하냐고 하면 무슨 일이 생길지 모르기 때문에 항시 비상금을 지니고 다녀야 한다고 하셨다. 그렇게 귀하게 키워주셨는데 나는 아버지께 용돈 한번 변변하게 드리지 못했다. 살아오는 동안 수없이 내게 사주셨던 구두 한 켤레 사드린 적이 없다.

성인이 될 때까지 내 발은 아버지가 지켜주었고 버팀목이 되어주셨는데, 난 내 딸애와 남편의 발 챙기기에만 바빴다. 굳은살이 박여 뒤꿈치가 거북이 등처럼 거칠고 딱딱해진 아버지의 고단한 발은 한 번도 돌아보지 못하고 살았다.

언제였던가, 친정에 갔다가 상추를 뜯으러 텃밭에 나가느라 아버지의 구두를 신었던 적이 있다. 다니러 온 딸의 신발이 식구들 발에 밟힐까 봐 어느새 내 구두는 아버지 손에 들려 신발장에 고이 모셔져 있었다. 발을 떼려는 순간 느낌이 이상했다. 꼭, 뒤로 넘어 갈 것 같이 몸의 균형이 흐트러지고 발뒤꿈치가 푹 꺼지는 기분이 었다.

얼른 벗어 들어보니 구두 굽이 닳아 주저앉아 있었다. 겉으로 보 기에는 멀쩡했지만, 신발 안쪽이 살짝 내려앉아 있었다. 아버지가 여태 이 구두를 신고 다니셨을 것을 생각하니 가슴 한편이 울컥했 다. 이렇게 푹 꺼진 구두 뒤축에 힘이 실려 뒤꿈치를 끌고 다니시느 라 얼마나 힘이 드셨을까. 자식이 여럿이지만 정작 아버지가 망가 진 구두를 신고 다니시는 것을 아는 자식은 없었다.

살면서 부모님의 신발을 신어보는 자식이 정말 몇이나 될까. 내 가 구두를 들고 살피는 모습을 방에서 내다보시던 아버지는 신발이 없는 것도 아니고 아직은 신을 만하니 걱정하지 말라고 하셨다.

안개가 아른거리는 것처럼 갑자기 눈앞이 부옇게 흐려졌다. 생 각 같아서는 당장 쓰레기통에 넣고 싶었지만, 더 신어도 된다는 아 버지 말씀에 그러지도 못했다. 그러고 나서 몇 번의 계절이 바뀌는 동안 난 그 일을 남의 일처럼 또, 까맣게 잊고 있었다. 친정 부모님 께 은혜를 갚는다는 것은 정말 말뿐인 것 같다. 그래서 부모의 자식 사랑은 언제나 짝사랑이라고 하나 보다.

신발장 문을 열어 본다. 유난히 신발 욕심이 많아 조붓하게 놓인 구두를 셀 수가 없다. 딸애와 남편 구두까지 빡빡한 신발장이 비좁 아 현관 바닥에 내려놓은 것도 몇 켤레다. 아버지는 몇 해 전 일본

여행길에서 만 원 주고 검정 구두 한 켤레를 사셨다며 흐뭇해하셨다. 그 구두가 아까워 장거리 다니실 때만 신고 다니시는 아버지가 우리 집 신발장을 열어보면 어떤 기분이 드실까.

추운 겨울날이면 연탄 부뚜막에 내 신발을 올려놓고 발이 따뜻하도록 데워주시던 아버지께 더 늦기 전에 구두 한 켤레 사드려야겠다.

균형

찢어진 바지 사이로 피가 줄줄 흘렀다. 아주 순식간에 일어난 일이었다. 친정어머니를 떠나보내고 맥없이 걸어 다니던 참에 정신이 확 들었다. 넘어지면서 손바닥에 몸을 의지하는 바람에 양손이 모두 욱신거렸다. 잠깐 사이에 왼쪽 손목이 달걀만 하게 부어올랐다.

병원에 갔더니 왼쪽 손목은 뼈가 깨지고 오른쪽 손은 인대가 늘어났다고 했다. 왼쪽 손목에 깁스하고 오른손은 손목 보호대를 찼다. 왼손잡이인 나한테 깁스를 해주던 의사 선생님은 왼손에 깁스한 것을 다행스럽게 여기라고 했다. 하루아침에 양손이 묶인 내 모습에 헛웃음이 나왔다.

손을 다치고 난 뒤 내 일상은 엉망이 되었다. 사소한 일에도 삐거덕거리며 잡음을 일으키는 내 손을 볼 때마다 온몸에 균형을 잃고 어린아이가 된 아버지의 모습이 아른거렸다.

언제인가부터 아버지의 숟가락이 흔들리기 시작했다. 막, 숟가락질을 배우는 아이처럼 조마조마했다. 아버지가 숟가락으로 퍼 올린 밥은 중간쯤에서 흩어져 입으로 들어가는 것은 얼마 되지 않았다. 흘려버려 반도 못 드시는 아버지한테 밥을 떠먹여드리려고 하면 아버지는 당신이 드시겠다고 손사래를 쳤다.

일요일이면 친정 부모님은 나란히 교회에 가셨다. 시골 교회라 예배를 마치면 교회에서 점심을 먹는데 아버지는 부리나케 집으로 오셨다. 아버지가 점심을 안 드시고 나오니 자연스레 어머니도 그냥 올 수밖에 없었다.

어머니는 빠른 걸음으로 앞서 걷는 아버지가 마음에 들지 않았다. 어차피 돌아가면서 준비하는 음식인데 교회에서 먹지 않고 귀찮게 밥상을 차리게 한다고 잔소리했다.

점심을 드시며 교인들 앞에서 손 떨면서 밥 먹고 싶지 않다는 아버지의 말을 듣는 순간 어머니는 목구멍에 가시가 박히는 것 같았다고 했다. 남편인 아버지의 마음을 헤아리지 못한 것이 부끄러워 얼굴이 화끈거렸다고 하셨다.

사람의 몸에서 손만큼 장하고 기특한 것이 있을까. 인간의 삶은 대부분 손이 이루어낸다. 오른손을 많이 쓰는 사람들에 비교하면 나는 왼손잡이다. 나한테 왼손은 나를 존재하게 하는 또 다른 나다. 숟가락질과 글씨 쓰는 것을 빼고 웬만한 일은 왼손을 거친다.

습관이 무섭다고 50년이 넘도록 고정된 동작은 깁스한 왼손을 자주 들썩이게 했다. 옷을 입으며 단추를 잠글 때면 왼손이 선수를 쳤다. 머리를 감을 때나 세수할 때도 왼손의 동작이 빨랐다. 리모컨을 잡을 때나 누웠다가 등이 가려워도 왼손이 먼저 올라갔다. 운전대를 잡아도 왼손에 힘을 주어 통증이 심해졌다.

손이 떨리는 것은 몸에 이상이 생겼다는 첫 신호였나 보다. 손 떨림이 심해지면서 아버지의 삶도 흔들리기 시작했다. 혈관에 피떡이 생겨 다리가 붓더니 걷는 것도 불편해졌다. 혈액순환이 안 되면서 심장이 나빠지고 신장도 투석해야 할 지경에 이르렀다. 아버지 몸에서 균형을 잃어가는 기관들이 수시로 통증을 호소하고 질병으로 나타났다. 아버지는 집에 있는 날보다 병원에 계시는 날이 더 많아졌다.

친정 부모님은 금실이 좋았다. 어머니는 딱딱한 병원 의자에서 새우잠을 자며 아버지 걱정에 나날이 야위어갔다. 눈만 뜨면 늘 아버지 머리맡에 앉아 계시던 어머니가 갑자기 돌아가셨다. 팔순인 어머니는 아버지를 간병하면서 당신 몸에 병균이 자라는 줄도 몰랐다.

어머니를 많이 의지했던 아버지는 한쪽 날갯죽지가 떨어져 나간 것처럼 맥을 놓았다. 자식이 여럿이라도 어머니 자리를 대신할 사람은 아무도 없었다. 서까래처럼 든든하게 받들고 있던 어머니를 보낸 아버지는 중심을 잃고 허물어졌다.

어머니가 돌아가신 뒤 아버지는 부쩍 눈물이 많아졌다. 꼿꼿하고 단단하던 아버지의 눈 주위가 자주 붉어졌다. 거동이 어려워 누워 있으니 등도 유연성을 잃었다. 뇌의 크기가 아기같이 작아진 아버지는 감기 같은 작은 질병에 걸려도 사람을 알아보지 못했다.

누구보다도 자존심 강하고 강건하시던 아버지가 이렇게 무너질 줄 누가 알았을까. 시든 꽃잎처럼 이울어가는 아버지를 바라보는 것이 힘겨웠다. 인생이란 이런 것인가. 아버지의 삶을 생각하면 참, 쓸쓸하다. 자수성가한 아버지는 육 남매에 손자들까지 스물다섯 명을 거느린 한 일가의 추장이었다.

남한테 피해 주는 것을 무엇보다 싫어하셨던 아버지의 당당한 모습은 어디에서도 찾아볼 수 없었다. 아까울 것 없이 자식들한테 다 쏟아주고 빈털터리가 되어 허허로워진 아버지한테 내가 크게 일조했다고 생각하면 마음이 무거웠다.

석 달 만에 깁스 풀고 나서도 손 쓰는 일이 자유롭지 못했다. 왼손을 다친 뒤 내 오른손이 바빠졌다. 덕분에 왼손은 지난하게 살아온 세월의 보상이라도 받듯 호강했다. 구정물에 손도 안 대고 화장실에 가도 할 일이 없었다.

손이 묶여 얼굴만 뵈고 오던 내가 조심스럽게 아버지 목욕을 시켜드렸다. 저무는 저녁처럼 욕심 없이 삶의 목록을 내려놓은 아버지를 옆으로 눕히고 베드에 목욕용 비닐을 깔았다. 환자복을 벗기고 따뜻한 물을 적신 수건으로 몸을 닦았다. 머리를 감기고 말끔하게 면도까지 해드렸다.

기분이 좋으신가 보다. 깔끔한 성품이라 누구한테도 몸을 맡기지 않는 아버지가 시원하다고 한마디 하신다. 아직도 육 남매의 지문이 어지럽게 남아 있는 아버지의 등을 닦아드리는데 손끝에 닿는 느낌이 마른 나무껍질처럼 꺼칠하다. 순간 나도 모르게 목이 메어 일부러 여러 번 문질렀다. 내 속을 알아채기라도 하신 걸까. 아버지는 "이제, 됐다. 고맙다. 고마워, 덕분에 아주 개운하다."라고 하신다.

사람이나 사물이나 균형이 깨지면 몸 전체가 기운다. 무엇이든 적당히 조화를 이루어야 탈이 없다. 균형이 깨지면 삶이 위태로워진다는 것을 알면서도 작은 일에 목맬 때가 잦았다. 오래 살지는 않았지만, 순조로이 사는 것이 얼마나 어려운 일인지 이제 조금은 알 것 같다.

늘 붙어 있어 하찮게 여기던 손의 소중함을 깨달은 요즘 나는 양손을 적당히 부린다. 어느 한 손도 서운하지 않도록 손의 마음을 읽으려 애쓴다. 원래부터 나는 왼손잡이였다는 쓸데없는 고집도 버렸다. 그러고 보면 왼손을 깁스하게 했던 것도 다 이유가 있어서였던 것 같다. 형평에 어긋날 정도로 왼손을 쓰는 내 몸이 균형을 맞추라고 내게 시련을 주었던 것 같다.

삶의 무게를 지탱하지 못해 흔들리던 아버지는 마침내 무거운 짐을 모두 내려놓으셨다. 아버지한테 가는 길에 얼굴에 와 닿는 칼바람이 매섭다. 가방에서 마스크를 꺼내는데 내게 마스크를 씌워주던 아버지의 따스한 손길이 생각나 코끝이 시큰거린다.

이제는 내가 아버지를 더 많이 그리워할 것 같다. 생전에 턱없이 아버지 쪽으로 기울던 양팔 저울이 조금이라도 수평을 이루도록 내

가 아버지를 더 많이 기억해야겠다. 저무는 해를 안고 이별 의식을
치르는 노을처럼 균형 잃고 휘청거리던 아버지의 마지막 순간까지
도 추억해야겠다.

벚꽃 증후군

　다시 봄이다. 전염병처럼 돌던 유행성 독감을 앓고 나오니 세상이 온통 하얗다. 순백의 화사하고 고운 벚꽃이 눈부셔 현기증이 날 것 같다. 무심천 둑에 섰다. 벚꽃이 무심천변을 하얗게 물들이고 있다. 바람이 살랑일 때마다 하얀 꽃잎이 물결처럼 일렁인다.

　만개한 벚꽃만큼이나 꽃구경을 나온 사람도 많다. 어린아이를 데리고 나온 젊은 부부와 부모님을 모시고 온 사람들, 정겹게 어깨를 감싸고 걷는 연인들의 모습도 보인다. 이곳에서는 불쑥불쑥 튀어나오는 셀카봉도 한몫한다. 벚꽃과 함께 추억을 편집하는 그들의 환한 얼굴이 셀카봉 안으로 들어온다.

　벚꽃은 사람을 불러 모으는 마력을 지녔다. 장미처럼 강렬하지 않고 라일락처럼 고혹적인 향을 지닌 것도 아닌데 사람들은 벚꽃에 열광한다. 벚꽃은 화려하지 않아도 예쁘다. 벚꽃은 순수하다. 뭐랄까, 정제해놓은 증류수 같은 느낌이랄까. 군더더기 없이 깨끗하고 청초해 절세미인처럼 아름답다는 벚꽃의 꽃말이 딱 맞는 것 같다. 그래서인지 아무리 보아도 질리지 않는다.

같은 무심천이지만 꽃이 피고 지는 속도가 각각 다르다. 한창 만개하여 흐드러진 벚나무 사이에 지면서 눈처럼 꽃잎이 흩날리는 나무도 있다. 벚꽃은 꽃잎이 여려 비바람에도 견디지 못하지만 떨어지는 모습도 환상이다. 너울거리며 날리는 하얀 꽃을 맞으며 걷는데 꽃잎 위에 작년에 돌아가신 친정어머니 얼굴이 아른거린다. 벚꽃이 지고 영산홍이 피었을 때 입원하신 어머니는 해가 바뀌고 다시 꽃이 필 때까지 병원에서 나오지 못했다.

꽃을 좋아하는 어머니 때문에 친정집은 꽃집 같았다. 봄을 맞는 친정집은 화초를 정성스럽게 돌보는 어머니의 손길로 해마다 꽃 대궐이었다. 추운 겨울을 잘 나라고 볏짚을 묶어주고 앙상한 나뭇가지에 예쁜 조화를 걸어놓고 흐뭇해하시던 어머니는 소녀 같은 할머니였다.

어머니가 떠나신 지 꼭 1년이 되었다. 어머니가 안 계셔도 봄은 오고 꽃은 핀다. 모든 것이 그대로다. 무심하게도 어머니의 부재 말고는 아무것도 변한 것이 없다. 안주인을 떠나보낸 친정집 앞마당에는 올해도 꽃이 흐드러졌다. 어머니가 애지중지하던 매화꽃이 지더니 복사꽃과 앵두꽃이 피고 요즘은 붉은 영산홍이 피어 빈집을 지키고 있다.

눈만 뜨면 당신 자식처럼 애착을 갖던 꽃들이 아까워 어찌 떠나셨을까. 어머니 계신 하늘나라에도 꽃이 필까. 수수하면서도 화사한 벚꽃처럼 천생 여자였던 어머니는 벚꽃을 좋아하셨다. 벚꽃이 필 때면 청풍호 벚꽃 길을 몇 번씩 다녀오시곤 했다. 어머니를 보내며 정신을 놓고 있던 작년에도 어김없이 벚꽃이 피었다가 졌다.

꽃길을 따라 발을 떼는데 꽃이 진자리에 이미 초록의 잎사귀가 들어앉았다. 내가 어머니와 이별했듯 나무도 꽃과 이별해야 하는 시간인가 보다.

모든 것이 새롭게 시작되는 봄은 여자의 계절이라고 하는데 내 안에 새겨진 봄은 늘 상실의 시간이었다. 꽁꽁 얼어붙었던 땅이 꿈틀거리고 싱싱한 새싹이 움트는 봄을 상실의 계절이라고 하는 것이 모순이지만, 타고난 체질 탓인지 병치레가 잦았다. 옷깃을 여미고 겨울을 보내면서 잘 견디었다는 생각이 들 때면 어김없이 몸이 아프기 시작했다. 그렇게 시작하는 병치레는 벚꽃이 피었다가 지는 4월이 지나야 추스를 수 있었다. 그래서인지 나는 봄을 좋아하지 않았던 것 같다. 내게 봄은 오히려 체력과 청춘을 탕진하는 계절이었다.

봄을 떠올리면 아픔, 고통이란 단어가 먼저 생각났는데 몇 해 전부터 몸이 좋아지기 시작했다. 내가 생각해도 기특하고 대견할 만큼 건강해지고 난 후 봄이 이렇게 아름다운 계절이었나 하며 감탄하던 때가 있었다. 사방에서 피어나는 꽃들이 눈에 들어오고 벼르던 벚꽃 구경도 몇 번 다녀왔다. 그런데 작년에 어머니가 돌아가시고 나서 다시 봄 앓이가 시작됐다. 시간이 갈수록 그리움의 농도가 짙어지는 어머니와의 이별을 떠올리게 하는 봄이라 몸이 녹아내리는 것처럼 아팠다.

제아무리 예쁜 꽃도 열흘은 못 간다는 말이 있듯이 벚꽃은 고작 일주일간 피었다가 진다. 이별한 사람을 만날 수 없는 것처럼 벚꽃이 피는 시기를 놓치면 그해에는 다시 벚꽃을 볼 수 없다. 얼마나 아쉬우면 '벚꽃 증후군'이라는 말이 생겨났을까. '벚꽃 증후군'은 벚꽃 나무 아래서 함께 추억을 새기던 사람을 떠나보낸 이들이 이별의 아픔을 앓는 일종의 신경증이다. 특히 벚꽃이 많은 일본에는 해마다 벚꽃 피는 봄이 오면 사랑의 추억 때문에 벚꽃 증후군을 겪는 사람들이 많다고 한다.

어머니 없는 봄에 피어난 벚꽃을 보니 가슴이 아릿하다. 꽃이 눈부셔서 눈이 따갑고 어머니 생각에 눈이 아프다. 한순간 화려하고 아름답게 만개했다가 흩날려 사라지며 흔적마저 지워내는 벚꽃처럼 우리네 사는 일도 다 때가 있는 것 같다. 이제는 져버린 벚나무를 보며 생각한다. 살아 계실 때 어머니 모시고 꽃구경 자주 다닐 것을. 그때는 왜 생각하지 못했을까. 지나고 나서 후회하는 것이 인생이던가. 벚꽃을 좋아하는 어머니한테 마음놓고 꽃구경 한 번 시켜드리지 못한 것이 이렇게 가슴에 박힐 줄이야.

누구나 벚꽃이 피면 떠오르는 사람이 있을 것이다. 사랑하는 사람과 이별하고 상심하는 사람들처럼 나도 이제 벚꽃 피는 계절이 돌아오면 어머니 생각에 벚꽃 증후군에 시달리게 될 것만 같다. 부모는 자식들의 추억이 되기 위해 산다고 하는 말이 벚꽃으로 하여 더욱 실감 나는 봄이다.

물갈이

비가 온다. 목마름으로 갈증에 탄 대지 위에 생명수 같은 단비가 내린다. 새벽부터 유리창을 타고 흐르던 빗방울 소리가 조금씩 커진다. 베란다 창으로 밖을 내다보니 늘어졌던 나무들이 양팔을 벌려 비를 맞고 있다. 얼마나 오랜만에 맞보는 물이던가. 1층 화단을 둘러보니 화초들이 두런두런 속살거린다. 폭염으로 하루하루 메말라가던 화초들이 빗방울에 흠뻑 젖어 잔치라도 벌일 모양이다. 물이 없으면 식물도 이럴진대 하물며 사람은 오죽하랴.

젊고 건강하게 사시던 친정어머니가 갑자기 쓰러지셨다. 중환자실에 입원한 어머니는 흡인성 폐렴이라고 했다. 평소 건강은 자신하던 어머니 몸에는 하루가 다르게 수액 주머니가 늘어났다. 한쪽에서는 수액을 넣고 한쪽으로는 물을 뽑아냈다.

바늘구멍보다 큰 관을 연결한 호수에서 종일 물이 빠져나왔다. 어머니 몸속에서 체온을 유지하고 피부를 숨 쉬게 하던 생명수 같은 누런 물 속에는 가끔 피도 섞여 나왔다. 눈금이 그려진 물주머니에 차는 물이 하루에 1,000리터가 넘었다. 소변이 안 나온다고 이뇨제를 쓰더니 소변 줄기에서도 제법 많은 양의 소변이 나왔다. 그렇게 뽑아내는 물 때문인지 어머니의 몸은 잘 마른 나뭇잎 같았다.

무거운 철문 앞에서 하루 두 번 면회 시간을 기다리던 날들이 길어졌다. 창가 쪽부터 1번이라는 숫자가 적혀 있는 중환자실에는 삶과 죽음의 경계에 있는 환자들이 급하게 움직이는 시침을 초조하게 바라보고 있다. 이곳에서 어머니는 1번 침대에 누워 있다. 입원하던 날이 엊그제 같은데 계절이 벌써 두 번이나 바뀌었다.

어머니 옆에 서면 종일 물소리가 들린다. 뽀글뽀글 어머니의 숨을 대신 쉬어주는 인공호흡기에서 나는 물소리와 기관에 연결한 줄에서 물 떨어지는 소리다. 처음 중환자실에 왔을 때 어머니는 쿨럭쿨럭, 멈추지 않는 해소 기침 소리처럼 호흡기에서 나는 물소리 때문에 잠들지 못했다. 6개월이 지나니 어머니는 그 소리에 익숙해져 소리가 안 나면 오히려 불안해하신다.

사람의 몸에는 물이 얼마나 있는 것일까. 겨우 30킬로그램을 유지하고 있는 어머니의 몸에서 끊임없이 물이 나왔다. 도대체 어머니의 몸 어느 부위에 고여 있던 물일까. 목에서는 수시로 가래를 뽑아내고 혈관에서도 검사한다며 자주 피를 뽑았다. 고인 물을 뽑아내며 다시 수액을 투여하지만, 어머니 당신은 정작 물 한 모금 입으로 넘기지 못했다. 물맛을 본 지 오래된 입술은 비쩍 말라 시커멓게 타들어 갔다.

입원하면서부터 수액으로만 견딘 어머니의 몸은 이제 어린아이 같다. 제법 통통하던 뱃가죽도 쭈글쭈글해지고 팔다리는 죽은 나무의 가지처럼 앙상하다. 그런데 참 신기하다. 곡기를 전혀 입에 대지 못하고 수액만 맞았는데도 사람이 살 수 있다니, 물의 힘이 이처럼 대단하다는 것을 나는 처음 알았다.

순간순간의 위기로 여러 차례 가족을 모두 불러 모았던 어머니가 드디어 인공호흡기를 뗐다. 24시간 환하게 불을 켜놓고 늘 기계 소리와 인공호흡기 소리가 이명처럼 들리던 중환자실에서 일반 병동으로도 옮겼다. 어머니가 6개월 만에 세상 밖으로 나가기 위한 절차를 밟기 시작했다. 콧줄로 죽을 드시던 어머니한테 며칠 전부터 주사기로 물을 한 방울씩 입에 떨어뜨려 목으로 넘기는 연습을 했다.

입으로 물을 먹을 수 있다고 했을 때 얼굴 가득 환하게 웃던 어머니가 물 한 방울 넘기는 데 힘이 드는지 잠깐 사이에 얼굴이 붉어졌다. 제발 물 한 모금만 먹으면 소원이 없겠다고 하시더니 물을 앞에 두고 정작 더 힘들어하셨다. 억지로 한 모금 목젖으로 넘기고는 안 먹겠다고 다시 콧줄로 달라고 손사래를 쳤다. 겨우 어머니의 담백한 소원이 이루어졌는데 이제는 어머니가 거부하신다.

물 먹는 일이 이렇게 고통스러운 것이었던가. 물 한 모금을 꿀꺽 하는 소리가 나도록 삼킬 때면 잘했다고 어머니를 칭찬했다. 그렇게 넘어간 물은 어머니의 세포에 활력을 주고 생기를 불어넣어 주었다.

어머니가 일반 병동으로 오신 지 한 달이 지났지만, 아직도 입으로 음식을 삼키는 것이 자유롭지 않아 식사 때마다 한 차례씩 전쟁을 치렀다. 세상에 물과의 일면식이 이렇듯 어렵단 말인가. 갓난아기의 우유량을 늘려가듯 물과 죽을 넘기는 것이 나아지니 그나마도 시샘하는지 마른 허벅지에 걸려 있는 기저귀를 갈아내느라 엉덩이에 욕창까지 생겼다.

살면서 내가 물을 이렇듯 소중하게, 안타깝게 바라보던 때가 과연 있었던가. 그동안 비어 있던 위장에 음식이 들어가기 무섭게 다 쏟아내는 설사 때문에 어머니는 다시 살이 내렸다. 그래도 콧줄을 빼고 입으로 물을 먹을 수 있게 됐다는 것을 위안으로 삼았다.

80 평생 처음 물갈이한 어머니의 얼굴이 촉촉해졌다. 나무껍질처럼 물기라곤 하나도 없던 피부에 생기가 돋고 손등에 땀도 흘렀다. 마치 스펀지에 물이 스미듯 어머니의 몸도 물이 들어가면서 생동의 기지개를 켜는 것 같았다. 하지만 그것도 며칠뿐, 자식들의 애타는 마음을 뒤로한 채 어머니는 우리 곁을 떠나셨다.

한 달여 동안 30도가 넘게 기승을 부리던 폭염으로 가로수 나무도 모두 지쳐버렸다. 아파트 앞 화단에는 갈증으로 목이 탄 화초들이 하나둘 죽어 뿌리가 뽑혀 나갔다. 화단 앞을 지날 때마다 어머니 생각이 나서 마음이 불편했다.

빗줄기가 제법 굵어졌다. 기진맥진해 있던 이파리들이 링거를 맞는 듯 차츰 생기를 찾아간다. 이처럼 생명이 있는 것들에게 물은 얼마나 소중한 것인가. 비 내리는 아침, 물의 소중함을 다시 한번 생각해본다.

이사

누가 왔다 갔을까. 흙 한 톨 없이 깨끗하게 정리된 봉당을 보니 분명 누군가 왔다 간 것이 틀림없었다. 마당에 삐죽삐죽 올라온 잡풀을 뽑아낸 흔적도 보였다. 자세히 보니 문패에 쌓인 먼지도 말끔하게 닦여 있었다.

친정어머니를 떠나보내고 신장투석으로 남은 기력까지 모두 소진한 친정아버지가 어머니 옆으로 가시겠다고 운을 떼셨다. 55년 동안 아버지와 아웅다웅하며 사시던 어머니는 혼자 자유롭고 편하게 살아보겠다며 3년 전 홀연히 아버지 곁을 떠났다. 어머니가 독립하시고 나서 아버지는 약해지셨다. 서릿발처럼 성성하던 그 기운은 어디로 가고 한쪽 어깻죽지를 잃은 아버지는 나약해졌다.

아버지는 오래전 대전에 집 한 채를 장만해두셨다. 직업군인이셨던 아버지가 한국전쟁 중 총상을 입고 받은 훈장 값으로 마련한 집이었다. 아버지는 이제 그 집으로 가시겠다고 했다. 집은 너무 오래 비워두면 허물어진다며 어머니와 같이 당신 집으로 들어가시겠다고 했다.

나뭇잎이 흩날리는 창밖을 내다보며 나는 아무 말도 하지 못했다. 그저 눈물만 떨구고 서 있는 내게 아버지는 이사한 집에도 자주 올 생각하지 말라고 당부하셨다.

가만히 있어도 쓸쓸해지는 10월의 마지막 날 아침이었다. 이날이면 어김없이 울려 퍼지는 중년 가수의 슬픈 노래를 듣고 있는데 전화벨이 울렸다. 작은오빠였다. 아버지가 떠나셨다고 했다. 얼굴 마주할 자신이 없으셨는지 자식들 배웅도 안 받고 혼자 가셨다고 했다.

아버지가 떠나시고 중환자실에서 챙겨준 아버지의 짐은 달랑 작은 가방 한 개였다. 85년 아버지의 고단한 삶이 무색할 만큼 청색 체크무늬 가방에 하얀색 모자, 면도기와 틀니, 성경책, 지갑, 일기장이 전부였다. 마음의 준비는 하고 있었지만, 그렇게 갑작스럽게 가실 줄 몰랐던 형제들은 아버지의 영정 앞에서 오열했다.

생전에는 꽃다발 한번 받아본 적 없는 아버지의 빈소에 화환이 넘쳤다. 아버지가 살아오신 모습을 반추하듯 아버지를 모신 특 1호실 복도에도 근조가 가득했다. 아버지를 모시는 입관실도 온통 꽃방이었다. 살아 계실 때 이렇게 호사스럽게 사셨으면 얼마나 좋았을까.

아버지를 땅에 묻고 어떻게 살까. 갑자기 정전된 것처럼 나도 모르게 눈이 감겼다. 눈을 감고 있으면 아버지와 보냈던 시간이 펼쳐졌다. 3년 전에 어머니를 먼저 떠나보낸 아버지는 투병 생활을 하시면서도 얼굴 한 번 찡그리지 않고 늘 '고맙다, 미안하다.' 는 말씀을 입에 달고 사셨다.

아버지는 평생 일기를 쓰셨다. 투석해 기운 없고 손이 떨릴 때도 아버지는 일기 쓰기를 멈추지 않았다. 일기장에는 큰딸이 쇠고기 반찬을 해오고 작은딸이 삼계탕을 해왔다고 쓰여 있었다. 아들네들이 와서 용돈을 주었다는 등, 아주 사소한 일상들이 아버지 일기장에 빼곡했다. 병원에 갈 때마다 손을 떨며 쓴 삐뚤삐뚤한 글씨의 일기를 읽으며 참 많은 눈물을 쏟아냈던 것 같다.

투병 중에도 아버지는 어머니를 생각했다. 3년 전 돌아가신 어머니가 아버지를 기다리느라 공원의 납골당에 계시는 것을 무척 안타까워하셨다. 아버지는 당신 때문에 어머니가 남의 집에 세 들어 산다고 생각했다. 아버지는 "내가 얼른 가야 네 엄마도 현충원으로 갈 텐데." 하셨다.

아버지를 떠올리면 오래된 군복과 국가유공자 모자가 생각난다. 군 생활을 오래 하신 아버지는 예비군 훈련을 늦도록 받으셨다. 국방색 군복을 입고 훈련을 다녀오시던 멋진 모습과 일흔 살이 되시면서 얻은 국가유공자 모자와 배지를 자랑스럽게 달고 다니시던 것이 눈에 선하다.

누구나 나이 먹으며 늙어가지만, 아버지를 보면 노년은 아무나 맞이하는 게 아닌 것 같다. 나이 든다고 다 노인이 되는 것이 아니라 부딪히고 깨지며 모나고 각진 부분이 둥글어지며 노인이 되는 것이다. 어디를 가셔도 멋진 할아버지라고 불리던 아버지처럼 노인이 된다는 것은 어려운 상황을 잘 극복한 자만이 누릴 수 있는 특권인 것 같다.

아버지는 성품이 인자하고 자상해 동네에서는 법 없이도 살 사람이라고 했다. 내 또래 친구들이 기억하는 아버지는 무섭고 엄하고 권위적인데 아버지는 어머니보다도 더 자상하고 따뜻하셨다. 한 겨울날 아침 학교에 가려고 신발을 찾으면 형제들의 신발은 언제나 연탄 부뚜막에 나란히 놓여 있었다. 아버지는 발이 따뜻해야 추위를 견딘다며 육 남매 신발을 덥혀주셨다.

맏딸은 아버지를 닮는다더니 딸 셋 중 내가 아버지를 가장 많이 닮았다. 얼굴도 그렇고 성격도 아버지를 쏙 뺐다고 한다. 그래서인지 아버지한테 나는 늘 아픈 손가락이었다. 당신은 누워 사경을 헤매면서도 몸이 약한 내 걱정을 더 많이 하셨다. 내가 결혼하고 신혼여행을 갈 때도 먼발치에서 손 흔들며 눈물을 훔치던 아버지, 그런 아버지가 마지막 살 집으로 이사하신다고 했을 때도 나는 달려가지 못했다.

사는 동안 친정집은 몇 차례 이사를 했다. 아버지가 군인으로 계실 때는 군 관사에 살았다. 두 번째는 군에서 전역하고 새 직장을 잡은 곳이었고, 세 번째는 나라가 떠들썩할 만큼 큰 수해를 당해 새 집을 지었을 때다.

아버지가 병원에 들어가시기 전까지 살던 집은 손재주가 좋으신 아버지가 직접 설계하고 지은 집이다. 아버지가 돌아가신 지금도 덩그러니 남아 있는 집은 구석구석 아버지의 손때가 묻지 않은 곳이 없다. 그래서인지 친정집에 들어서면 아직도 아버지가 맨발로 뛰어나올 것만 같다.

아버지가 아직도 내 옆에 계신 것 같다. 그저 사는 곳만 현충원으로 옮겼을 뿐 항상 내 곁에서 서성이고 있는 것만 같다. 그래서 부모는 영원히 자식 곁을 떠도는 유령 같은 존재라고 했나 보다.

이사한 집이 마음에 드시는지 갈 때마다 초록색 지붕이 짙어진다. 풍수지리를 보고 집터를 고른 것처럼 아버지의 새집은 산수가 화려하다. 마치 공원에 소풍 온 것처럼 사방이 푸르고 사계절 예쁜 꽃들이 피고 진다. 당신의 성품처럼 아버지가 머무르는 집은 온화하고 따뜻한 곳이다.

나라에서 똑같이 분양해주는 집이라 그런지 문패도 똑같다. 이 많은 집 가운데 아버지 집을 찾는 것은 어렵지 않다. 아버지 집 대문이 허전해 보여 크리스털로 작은 감사패를 만들었다. 육 남매의 이름을 새긴 감사패에 아버지, 어머니 두 분이 같이 찍은 사진도 넣었다.

저무는 해를 안고 쇠잔해지는 석양빛에 크리스털 패가 투명해진다. 감사패 안에서 웃고 계시는 두 분은 오늘도 자식 걱정이 먼저다. 눈이 마주친 아버지가 얼른 가라고 등을 떠민다. 어두워지기 전에 어서 가라고 야윈 손을 흔든다.

보물찾기

　　　　　　　　　　부스럭거리는 소리에 귀가 먼저 일어났다. 서랍 여닫는 소리가 들리더니 방문 닫히는 소리도 들렸다. 가끔 남편의 혼잣말도 들렸다. 모처럼 늦잠을 자려고 모르는 척했더니 남편의 목소리가 조금씩 커지기 시작했다. 제발 자기 물건에 손대지 말라며 누워 있는 나에게 잔소리를 했다.

　종기로 고생하는 남편이 늘 옆에 두고 사는 것이 있다. '후시딘' 연고(軟膏)다. 집안 내력인지 할아버지 대부터 종기가 심했다더니 뭐 좋은 것이라고 남편이 종기를 물려받았다. 며칠 전 여행을 다녀온 남편이 아침부터 무언가를 열심히 찾고 있었다. 남편이 보물처럼 여기는 연고가 없어진 모양이다.

　친정어머니한테 전화가 왔다. 다급한 어머니의 목소리에서 위급함이 느껴졌다. 어머니를 대학병원으로 모셨지만, 상태는 위중했다. 급성폐렴에 의한 각혈로 기도가 막혔던 어머니는 경과가 좋아

안심해도 된다더니 새벽녘에 전화벨이 울렸다. 어머니가 저산소증으로 다시 중환자실로 가셔야 한다고 했다. 그날부터 상상하지도 못했던 어머니의 투병 생활이 시작되었다. 무거운 철문이 잠겨 있는 중환자실에 어머니 혼자 두고 대기실에서 기다리는 날이 길어졌다. 어머니의 병세는 변덕스러운 날씨처럼 하루는 좋아졌다가 다음 날이면 다시 나빠지며 갈마들었다.

중환자실에 계시는 어머니를 매일 두 차례 면회했지만, 기관절개까지 한 어머니와 대화조차 할 수 없었다. 한집안의 안주인으로서 육 남매에 열한 명의 손자까지 거느리던 어머니의 모습은 점점 작아졌다. 환하고 곱던 얼굴도 무표정해졌다. 이것저것 검사한다며 금식시키고 온몸에 주렁주렁 꽂은 링거 줄이 엉켜 거미줄 같았다. 매일 피를 뽑고 사진을 찍었지만, 결과는 늘 허방다리를 짚는 것 같았다. 그깟 병명 하나 찾는 것이 그리도 어려운 일인가.

어머니는 이제 예전에 우리가 알던 분이 아니었다. 금방이라도 바스러질 것같이 여윈 어머니는 통증에도 익숙해진 것 같았다. 입원한 지 3개월이 지나도록 어머니 몸에서 보물찾기는 계속되었다. 바늘 꽂을 자리가 없도록 검사할 때마다 숨어 있던 병균이 보물처럼 한 가지씩 발견되었다. 그렇게 보물을 찾을 때마다 어머니는 아주 조금씩 기력을 되찾곤 했다.

어머니를 면회할 때면 어릴 때 소풍 가서 보물찾기하던 생각이 났다. 점심으로 싸 간 김밥을 먹기가 무섭게 우리는 보물을 찾으러 숲속을 돌아다녔다. 어떤 친구는 나뭇가지에서 보물 쪽지를 찾고 살짝 눌러놓은 돌멩이 밑에서 찾는 친구도 있었다. 나는 한 번도 내 손으로 보물찾기 쪽지를 찾아본 적이 없었다. 같은 반 친구는 몇 개씩 찾아 다른 애들한테 나누어주는 보물 쪽지가 내 눈에는 도무지 띄지 않았다. 생각해보면 내가 보물을 찾지 못했던 것이 아니라 보물 쪽지가 내 눈에 띄지 않았던 것 같다. 어쩌면, 내가 보물을 찾아야겠다는 마음이 간절하지 않았기 때문이었을지도 모른다.

마치, 보물 숨긴 장소를 미리 알고 있던 것처럼 어머니에 대해서 모르는 것이 없다고 장담했던 내가 어머니 몸에 꼭꼭 숨어 있는 병명은 알지 못했다. 어머니가 어떤 약을 드셨고 어디가 안 좋았느냐고 묻는 의사의 말에 나는 아무 대답도 할 수가 없었다. 소풍이 끝나고 선생님께 공책 한 권을 받아 들고 부끄러워하던 40여 년 전 여자아이의 모습이 바로 나였다.

어머니와 40년 지기인 순희 아줌마와 매일 새벽기도를 다녔던 교회 목사님이 병문안을 오셨다. 그들은 자식인 나보다 어머니에 대해 세심하게 알고 있었다. 자나 깨나 자식들 걱정인 어머니가 스트레스를 받으면 각혈한다는 것과 기관지확장증약을 드셨지만, 자식들 걱정할까 봐 쉬쉬했다고 했다.

큰딸이기에 오빠들보다 어머니 생각을 많이 한다고 자신하면서도 어머니의 안색을 살피는 일에는 소홀했다. 평소 타인의 삶은 거울처럼 들여다보면서 정작 가까운 사람이 무엇을 좋아하고 어떤 앓이를 하는지 무관심했다.

주치의한테 평소 어머니가 아무 약도 안 드신다고 했으니 얼마나 무심한 딸이라고 생각했을까. 24시간 늘 환하게 켜놓는 중환자실 불빛이 부담스러우셨는지 어머니는 입원한 지 8개월 만에 고단한 삶을 내려놓았다.

아침부터 집 안을 들쑤시며 보물을 찾던 남편이 여행 가방에서 후시딘을 찾았다. 여행에서 돌아오면 늘 찬찬하게 가방 정리를 하는 남편이 그날은 잊어버렸던 모양이다. 자신의 실수는 생각하지 못하고 평소의 습관만 주장하던 남편이 마치 눈앞에 있던 보물 쪽지를 발견하지 못하고 그냥 지나쳐버린 것처럼 머쓱해했다.

등줄기에 종기가 심해 찢고 고름을 짜낸 자리에 번들번들하게 약을 바르고 잠이 든 남편의 뒷모습이 쓸쓸해 보인다. 생전에 어머니한테 무관심했던 것처럼 어쩌면 나는 남편한테도 가장 소중한 부분을 놓치며 사는 것은 아닐까. 습관처럼 자주 생기는 종기에 내성이 생기는 것처럼 부부라는 익숙함에 속아 무심하게 사는 것은 아닌지.

사람들은 보물을 좋아한다. 그들이 생각하는 보물의 의미는 무엇일까? 어머니가 돌아가시고 나서 관계에 대해 많은 생각을 하게 된 것 같다. 손으로 만져지지는 않지만 나를 지탱하게 하는 지금의 관계가 가장 소중하다는 것을.

살아가는 길목 길목에서 관계의 귀함을 깨닫지 못한 상실감으로 우리는 얼마나 허탈해했던가. 여유로운 휴일 아침을 종기에 반납하고 난 후 연고를 서너 개 더 샀다. 어떤 이에게는 그저 상처에 바르는 연고일 뿐이지만 남편한테는 절대 없어서는 안 될 보물이라는 생각에 방마다 한 개씩 놓고 가장 눈에 잘 들어오는 화장대에도 한 개 두었다.

누군가와 같이 살아가는 일은 끊임없이 보물을 찾는 일이라는 생각이 든다. 자기 보물이 없어졌다고 화를 내던 남편이 나한테는 어떤 보물이 숨어 있는지 알고 있을까. 느닷없는 연고 찾기에 정신이 뺏긴 휴일 아침이 서로의 보물을 들여다보는 시간이 되었다.

이매탈

할미 마당이 펼쳐지는 공연장으로 사람들이 몰려들었다. 할미탈의 저고리가 살짝 들렸다. 웃음이 나왔다. 쪽박을 차고 신세타령을 하던 할미탈은 어이없게도 남자였다. 엉덩이를 요리조리 요염하게 흔들던 할미탈이 남자라니. 키가 작고 왜소해서 그런지 천생 여자 같았다. 모두 감쪽같이 속았지만, 저고리 아래로 보이는 근육질에 구경꾼들은 폭소를 자아냈다.

양반과 선비 마당에서는 춤판이 벌어졌다. 양반과 선비가 화해하고 부네와 초랭이까지 나와 춤을 추며 탈춤판이 고조되는가 싶더니 어디선가 바보가 등장했다. 이매였다.

선비의 하인이라는 이매탈의 우스꽝스러운 행색에 웃음이 빵 터졌다. 모자라는 듯 순박한 얼굴에 저고리 끈을 풀어 헤쳐 보기만 해도 웃음이 났다. 이매탈은 웃기만 하는 관객을 향해 두리번거렸다. 마치 구경꾼을 비웃는 것 같았다. 바보인 자기도 이렇게 탈놀이를 잘 이끌어 가는데 관객의 호응이 약하다고 빈정거렸다.

턱이 없어 말이 어눌한 것은 아랑곳하지 않고 구경꾼들만 나무랐다. 어눌한 말귀를 못 알아듣는 척하며 귀를 세우는 관객을 향해 손가락질하며 땅을 쳤다. 이매탈의 능청스러운 행동에 박수가 쏟아지며 구경꾼들의 어깨가 들썩거렸다. 양반을 풍자하는 익살스러움에 호응하는 관객들의 추임새가 춤사위로 이어졌다.

하회탈춤은 이매탈 보는 재미가 쏠쏠하고 여운이 남는다. 이매탈이 관객들과 어울리며 신명 나는 놀이로 만들었으니 탈춤의 클라이맥스는 이매탈이 아닌가 싶다. 하회탈춤에서 이매탈 캐릭터가 없었다면 어땠을까. 그래도 감동이 전해졌을까?

우리가 자랄 때는 동네마다 모자라는 사람이 한 명씩 있었다. 친정 동네에는 개똥이로 불리던 오빠가 있었고 외가에는 바보 이모가 있었다. 웃음이 나면서도 안쓰러워 보이는 이매탈 위에 셋째 이모의 얼굴이 겹쳐졌다. 일그러진 이매탈을 닮아 아주 낯익은 얼굴이었다.

외가에는 딸만 여섯인데 친정어머니가 장녀였다. 한 배에서 나와도 모두 제각각이라더니 육 남매 중 셋째 이모의 몸이 성치 않았다. 어릴 때 소아마비를 심하게 앓은 이모는 입이 돌아가 얼굴이 일그러지고 다리도 많이 절룩거렸다.

아들 선호 사상이 남달랐던 외할머니는 셋째 이모를 아예 병신 취급했다. 아들을 낳지 못한 것만도 죄악인데 병신 자식까지 두었다고 자책하던 할머니한테 셋째 이모는 화풀이 대상이었다. 할머니가 이유 없이 때리고 야단칠 때는 이모가 불쌍해 어린 나도 같이 울었다.

화병(火病)을 다스리지 못해 이모만 눈에 띄면 구박하던 할머니도 베갯잇을 적실 때가 많았다. 당신 속으로 낳은 자식인데 왜 안 그렇겠는가. 할머니는 이모가 당신보다 하루라도 먼저 눈을 감아야 한다며 자나 깨나 걱정하셨다.

자매들한테도 업신여김 당하던 이모는 언니와 동생들이 결혼해 집을 떠난 뒤에도 할머니와 같이 살았다. 일 년에 한두 번씩 다녀가는 다른 이모들은 올 때마다 셋째 이모의 속을 뒤집었다. 우르르 몰려와 집 안 청소를 하는 날은 밤새 아픈 할머니 곁을 지키던 이모의 공은 간데없고 날벼락을 맞는 날이었다.

이모는 어쩌다 와서 생색내는 자매들을 비웃듯이 이매탈처럼 입바른 소리를 하기도 했다. 하룻밤도 안 자고 가면서 할머니를 위하는 척하는 자매들의 모습이 가식으로 비쳤기 때문이리라.

비록 천덕꾸러기로 태어났지만, 바보 이모 덕분에 할머니의 삶은 그리 외롭지 않았다. 아픈 손가락 같은 딸이 먼저 죽어야 한다고 입버릇처럼 하시던 외할머니는 당신이 바보 딸의 시중을 받을 줄 꿈엔들 아셨을까.

사람이든 사물이든 이 세상에 나온 것들은 다 필연적인 존재 이유가 있다. 턱이 없어 미완성된 이매탈이 순박하고 진실한 모습을 보여주며 인간으로서 완성을 이루었듯 병신이라고 구박받던 이모도 육 남매 중 가장 효녀였다. 이매탈의 어수룩함이 관객들에게 감동을 주며 탈춤의 완성도를 높인 것처럼 애간장을 녹이긴 했지만, 할머니 옆에는 늘 바보 이모가 있었다.

하회마을에서 공연을 보는 동안 신분이라는 단어가 머릿속에서 떠나지 않았다. 쪽박을 찬 할미탈이나 천한 사람을 상징하는 백정 탈이 그랬고 서로 잘났다고 우기는 양반과 선비의 허세에서도 신분의 차이가 느껴졌다.

허 도령의 슬픈 전설로 만들어진 이매탈이나 바보 취급당하던 이모를 생각하면 예나 지금이나 신분을 구분 짓는 잣대는 외모가 아닐는지. 어쩌면 신분은 어느 한 시대를 소환하는 추억의 교집합일지 모른다는 생각도 들었다.

이매탈이 우리에게 큰 웃음을 준 것처럼 이모는 편찮으신 할머니한테 아스피린 같은 사람이었다. 마흔 살 된 딸이 하는 짓마다 어린아이 같으니 할머니는 자주 웃으셨다. 만약 이모마저 없었다면 할머니의 삶은 어땠을까. 아마 다분히 고독하고 적적했을 것이다.

꽹과리 소리가 사라지니 공연장 주위가 휑하다. 어깨춤을 추며 환호하던 사람들은 다 어디로 갔을까. 모든 잔치의 뒤안길이 초라하듯이 신명 나게 춤사위가 벌어졌던 공연장에도 허허로움이 밀려들었다.

집안에 탈을 걸어두면 액을 막을 수 있다는 말에 눈가에 웃음이 가득한 하회탈을 사 들고 나오는데 하회마을 솔숲 사이로 귤빛 석양이 내려앉고 있었다. 쇠잔해지는 해를 감싸 안고 노곤해진 하회마을이 저물고 있었다.

제4부

아버지의 등

미역국

무슨 장한 일을 했다고 여름 감기에 걸렸다. 며칠 누워 있으니 딸애가 미역국을 끓였다. 따로 일러주지 않았는데 친정어머니가 해주었던 것처럼 뚝배기에 미역국을 끓여 온 딸애가 대견했다. 딸은 어머니의 모습을 복사하며 성장한다더니 어쩌면 그렇게 닮았는지. 딸애가 끓여온 미역국을 앞에 놓고 눈물을 찍어냈다.

친정어머니가 돌아가신 지 벌써 5년이 지났다. 어머니가 돌아가시고 나서 내 일상도 삐거덕거렸다. 세상에서 어머니 한 분이 없어졌는데 온몸이 균형을 잃고 휘청거렸다. 음식을 할 때도 어머니가 아른거렸다. 늘 내 아쉬운 부분을 채워주시던 어머니였기에 한동안 나도 모르게 어머니의 전화번호를 누르곤 했다.

딸애를 낳고 산후조리를 할 때였다. 6월 하짓날이라 더위가 한창 시작될 무렵이었다. 어머니는 산모가 찬바람을 쐬면 안 된다고 발가락도 안 보이게 온몸을 싸매주었다. 딸애와 내가 있는 안방은 바람 한 점도 못 들어오게 해놓고 수시로 미역국을 끓였다. 산모가 미역국을 잘 먹어야 회복이 빠르다며 아버지가 어머니 산바라지해주실 때 했던 것처럼 세 시간에 한 번씩 미역국을 들였다.

첫 손주를 보게 되는 어머니는 출산예정일에 맞추어 해산미역도 사 오고 참기름도 직접 짜두셨다. 유별나게 해산미역까지 사 왔느냐고 하는 내게 산모는 바닷바람으로 말린 산모용 미역을 먹어야 한다고 하셨다.

우동그릇만큼이나 큰 뚝배기에 기름이 좔좔 흐르는 미역국에서 참기름 냄새가 진동했다. 유난스럽게 긴 입덧으로 지쳐 있던 나는 오래 달여 부들부들한 미역국을 다른 반찬 없이도 술술 잘 넘겼다.

어머니가 끓여주는 미역국은 감히 누구도 흉내 낼 수 없을 만큼 특별했다. 그도 그럴 것이, 어머니는 바다를 품은 천일염을 볶아 간을 했다. 천일염을 잘 볶아 간수를 날린 소금으로 간을 맞춘 어머니의 미역국은 뒷맛이 달고 깔끔했다.

어머니가 소금으로 미역국 간을 맞추는 것은 다 이유가 있었다. 자식을 낳은 어머니는 미역을 그리워하는 바다의 마음을 알고 있을 테니까. 바다가 살점들을 떠나보내고 흘린 눈물 때문에 바닷물이 짜다는 것을 어머니는 알고 있었으니까.

미역도 처음부터 단단한 것은 아니었다. 갓난아이처럼 바다가 키워주는 대로 소금물을 먹고 살던 미역은 유순하고 어린 미역 나무였다. 수십 번의 성장통을 겪어야 어른이 되는 것처럼 사람들은 젖은 미역을 길들이기 시작했다.

　오래 두고 먹어도 상하지 않도록 미역의 물기를 거두었다. 바다의 비린 습성과 소금기를 없애려 바람과 햇빛에 번갈아가며 미역을 말렸다. 거센 비바람과 햇빛을 견딘 미역은 마침내 바다가 아닌 곳에서도 살 수 있을 만큼 억세고 단단해졌다.

　어머니의 가슴도 처음부터 단단했던 것은 아니다. 박꽃처럼 순하고 곱던 어머니는 육 남매를 낳아 키우면서 자주 돌부리에 걸려 넘어졌다. 녹록하지 않은 세상으로부터 자식을 지키느라 어머니의 가슴에는 덕지덕지 더께가 앉았다. 시나브로 어머니도 마른미역처럼 억척스럽고 단단해지기 시작했다.

　산모한테 미역국을 먹이는 이유를 엄마가 되고서야 알았다. 어머니가 되었으니 세상을 쉽고 만만하게 보면 안 된다고, 미역처럼 단단해져야 자식을 지켜낼 수 있다는 것을.

　어머니를 생각하면 오래된 관절염이 도지듯 통증이 느껴진다. 맏딸이었지만, 자식 노릇을 제대로 하지 못했다. 일 년에 한 번뿐인 생신날에도 어머니가 음식 장만을 해놓으면 가서 얌체처럼 먹기만 했다. 어머니께 미역국 한 그릇 끓여드리는 것이 무에 그리 대단한 일이라고. 지나고 나서 후회하는 것이 인생이라더니, 생신상 한 번 못 차려 드린 것이 이토록 후회될 줄이야.

　몸이 아플 때나 어머니가 그리워지면 습관처럼 미역국을 끓인다. 미역국에서 비릿한 바다 냄새가 올라오고 그 냄새를 맡으면 어머니를 떠올릴 수 있기 때문이다. 사람들이 벼랑 끝에 서면 바다를 찾는 것처럼 미역국도 나한테는 어머니의 품만 같다. 그래서인지 뜨거운 미역국을 먹고 땀을 푹 내면 마치 어머니가 만져주듯 몸살이 거뜬히 낫는다.

평소 국을 좋아하지 않는 딸애도 신기하게 미역국은 잘 먹는다. 후루룩후루룩 잘 넘어가는 미역국이 딸애한테는 어떤 의미일까. 미역이 바다를 그리워하듯 딸애도 미역국을 먹으며 나를 생각할까. 뜨겁게 먹고 얼른 감기를 떼어버리라고 끓여온 미역국을 두고 눈물바람을 하는 내게 한 숟가락이라도 더 먹으라고 딸애는 다시 숟가락을 쥐여 준다. 아픈 엄마를 챙기는 기특한 딸애의 모습에서 언뜻언뜻 친정어머니의 얼굴이 보인다.

"깨작거리지 말고 푹푹 좀 떠먹어라! 감기에는 미역국만 한 게 없다." 뒤통수에서 마치 귀에 익은 친정어머니의 목소리가 들리는 듯하다.

아버지의 등

　　　　　　　　찜질방에 황소 그림이 걸려 있는 것
을 며칠 전에야 알았다. 2년 넘게 다니면서 그림을 발견하지 못했
다는 것이 믿기지 않아 한참 동안 올려다보았다. 운보 김기창 화백
의 작품이었다. 찜질방에 왜 하필 황소일까. 의아해하는 내 생각과
는 달리 배를 깔고 앉아 있는 소의 모습은 평화롭기만 했다.

　시골에서 부농에 속했던 큰고모 댁에 가면 소 세 마리가 있었다.
황소와 어미 소, 그리고 둘 사이에서 태어난 어린 송아지였다. 배가
불러올 때까지 농사일하던 어미 소는 새끼를 낳고 며칠 쉬는가 싶
더니 어린 송아지를 앞세우고 다시 밭으로 나갔다. 이른 아침에 나
간 소는 해거름이 되어야 집으로 돌아왔다.
　어린 마음에도 종일 일하고 지쳐 워낭소리를 내며 대문을 들어
서던 소가 측은해 밤잠을 설쳤다. 소 없이는 농사짓기 어렵던 시절
에 소는 묵묵히 한 집안을 이끌어가는 가장이나 다름없었다. 농사

철에는 소 한 마리가 해내는 일이 사람 몇 명이 하는 일보다 많았다. 사람이 하려면 며칠씩 걸리는 밭일도 소를 부리면 단숨에 갈아치웠다.

소의 넓은 등에는 언제나 길마가 지워져 있었다. 불룩불룩한 등뼈 때문에 짐을 싣기 불편하니 사람이 씌워놓은 안장이다. 길마가 덮인 소의 등은 물건을 실어 나를 때에 운반구가 되었다. 농한기가 되면 등이 휘도록 땔감을 져 나르고 장날이면 곡식을 싣고 수십 리 길을 걸었다.

소의 등은 이미 태어날 때부터 그의 것이 아니었다. 아무도 소의 지친 등을 등으로 인정해주지 않았다. 그저 짐을 싣고 농기구를 거는 도구쯤으로 생각했던 것 같다. 육중한 몸을 지탱하기에도 약한 다리를 가진 소는 얼마나 힘들었을까. 짐이 무거워 다리가 휘청거리면 소는 우적우적 되새김질로 슬픔을 삭였다.

금방이라도 소가 저벅저벅 걸어 나올 것 같은 그림에서 아버지의 모습이 보였다. 아버지도 그랬다. 노역하고 사는 소의 운명처럼 아버지의 일생도 고단하기만 했다. 어린 시절 내 눈에 비친 아버지는 늘 근무복을 입고 있었다. 이름표가 달린 회색 옷을 입고 시계추처럼 집과 회사를 오가는 분이셨다.

저녁이면 동생과 함께 아버지를 마중 나갔다. 정문에서 아버지를 발견하고 경비실로 뛰어가면, 아버지는 얼른 달려와 등을 내미셨다. 피곤하실 텐데도 집으로 가는 길에 아버지는 마중 나온 딸을 업고 걸었다.

아버지 등에 업히는 것도 신이 났지만, 매일 저녁 참새처럼 방앗간을 들르는 재미에 퇴근 시간이 기다려졌다. 회사 모퉁이를 돌아서면 가게가 있었다. 지금은 구경할 수 없는 '라면땅'과 '자야'가 그 시절엔 최상의 군것질거리였다. 아버지는 까만 봉지에 수북하게 과자를 사서 손에 쥐여주셨다. 집에 오면 어머니한테 꾸지람을 들었지만, 동생과 내가 아버지를 마중 나가는 유일한 이유는 바로 가게를 들르는 즐거움 때문이었다.

내가 업혔던 자리가 아버지에겐 등이었다는 것을 어른이 되고서야 알았다. 소의 등이 수레인 줄 알고 짐을 실었던 것처럼 지쳐 있는 아버지의 등에 업힌 내가 아버지의 짐이었다는 것을 미처 알지 못했다. 딸아이를 업고 남편을 기다릴 때나 잠투정하는 딸아이를 업어 재우고 등이 뻐근할 때면 내가 업혔던 아버지의 등이 생각났다.

나는 고작 딸애 하나 키우면서도 자주 몸살을 앓았는데 열 식구를 거느렸던 아버지의 등은 얼마나 고단했을까. 피곤함에 젖은 아버지의 등이 구부정해 이젠 할아버지의 모습이 역력하다. 어쩌면, 아버지의 등은 나를 업고 걷던 그때부터 휘어지기 시작했는지도 모른다.

이제는 찜질방에 가면 황소 그림을 못 본 체할 수 없을 것 같다. 선하고 슬픈 눈을 가진 소와 아버지의 모습이 겹쳐지기 때문이다.

성낼 줄도, 짖을 줄도 모르는 우직한 소의 성품이 아버지와 많이 닮았다. 청력을 잃고도 많은 명화를 남긴 김기창 화백은 어떤 마음으로 소를 그린 것일까. 혹시, 듣지 못하니 말까지 잃어버린 자신의 속내를 생각하고 그린 것은 아닐지.

아버지의 귀에는 보청기가 꽂혀 있다. 워낙 큰소리 한 번 안 내시던 과묵한 분인데 청력이 약해지면서 말수가 더 적어지셨다. 보청기를 끼어도 전화로 하는 대화는 전달이 잘 안 되나 보다. 아버지와 통화하고 나면 가슴이 아프다. 때론 엉뚱하게 다른 말씀을 하시는 아버지 대답에 맞장구치며 아버지의 이야기를 듣는 날이 더 많다. 비록 전화로 아버지와 소통이 어렵다 해도 나는 습관처럼 아버지의 전화번호를 누른다.

아버지 목소리를 얼마나 더 오래 들을 수 있을까. 윙윙, 해가 갈수록 수화기 건너편에서 들려오는 보청기 울리는 소리는 워낭소리처럼 커져만 간다.

뚜껑

           냄새는 기억을 공유한다. 아슴아슴 피어오르는 냄새에서 그리운 사람이 떠오르고 그래서 후각이 기억하는 것들에는 통증이 따르기도 한다.

    며칠 전부터 집 안에 이상한 냄새가 나기 시작했다. 마치 친정어머니의 손에 들려 있던 간장 바가지에서 올라오는 것처럼 짭조름하고 찌뿌듯한 냄새가 거실에 스며들었다. 처음에는 아래층에서 올라오는 음식 냄새려니 하고 무관심하다가 베란다 문을 열어보고서야 깜짝 놀랐다. 베란다 바닥에 간장이 흥건하게 젖어 있고 악취가 났다.

    지인과 이야기하다가 올가을에는 딸애가 좋아하는 고추지를 담아야겠다고 했는데, 그 말을 기억한 지인이 고추와 깻잎을 꽤 많이 갖고 왔다. 그녀는 직접 농사지은 무공해 고추니 안심하고 먹어도 된다는 말을 강조했다.

간장에 마늘, 양파, 파 뿌리 등, 여러 가지 재료를 넣어 맛간장을 끓였다. 항아리에 깨끗하게 씻어 물기를 빼놓은 고추를 차곡차곡 넣고 식힌 간장을 부었다. 고추가 많아서인지 항아리 주둥이까지 고추가 올라왔다. 고추가 뚜껑에 닿았지만 무리해서 뚜껑을 덮었다.

사흘째 되던 날 항아리 뚜껑을 열어보니 고추가 수북해 항아리가 비좁아 보였다. 그날 고추를 덜어내고 한지로 뚜껑을 봉했어야 했는데 끝까지 욕심을 버리지 못한 것이 화를 만든 것 같다.

공기가 통하지 않아 간장이 끓어 넘친 항아리의 고추는 누렇게 변했다. 고추가 간장에 잘 잠겨 맛이 들어야 하는데 간장 없이 떠 있던 고추는 물컹거렸다. 넘쳐흐른 간장으로 매란 없는 베란다를 씻어내며 사람이나 사물이나 용도에 맞게 뚜껑을 잘 덮어야 한다는 생각이 들었다.

뚜껑은 내용물을 지키고 보존 기간을 높이기도 하지만 음식의 맛을 내는 역할도 한다. 뚜껑도 내용물과 용도에 맞게 잘 덮어야 탈이 없다. 물이나 간장 같은 액체는 플라스틱이나 쇠로 된 뚜껑을 사용해야 하고 발효식품은 숨을 쉴 수 있게 한지나 헝겊으로 봉해주어야 한다. 아무리 좋은 음식이라도 뚜껑을 잘못 닫으면 음식이 상하기 쉽고 신선도가 떨어진다.

뚜껑을 잘 닫는 것만큼 뚜껑을 잘 여는 것도 중요하다. 살면서 뚜껑을 잘 못 열어 내용물을 쏟은 일이 여러 번 있다. 액체가 들어 있는 병뚜껑을 잘못 열어 낭패를 본 일도 있다. 뚜껑을 열어보지 않으면 어떤 것이 들어 있는지 확인하기 어렵기 때문이다.

그러고 보면 뚜껑은 사람의 입과 비슷하다. 뚜껑처럼 사람의 입도 여닫을 때 늘 조심해야 한다. 살다 보면 자칫 잘못하여 말을 쏟아놓고 후회하는 일도 적지 않다. 한번 뱉어낸 말은 절대 주워 담을 수 없기 때문이다.

말은 소통할 수 있는 최고의 수단이지만, 때로는 약이 되고 독이 되기도 한다. 같은 말이라도 부드럽고 좋은 말은 상대를 기분 좋게 만들고 가시가 있는 말은 상대를 아프게 한다. 귀는 얇고 간사해서 열 마디의 바른 소리보다 한 번의 칭찬을 더 좋아한다.

살면서 말 때문에 상대의 가슴에 상처를 준 일이 있다. 두고두고 후회하지만, 이미 내뱉은 말이라 주워 담을 방법이 없다.

늘 건강하게 사시던 친정어머니가 폐렴으로 쓰러진 뒤 투병 생활을 했다. 흡인성 폐렴과 저산소증으로 고생하던 어머니는 중환자실에서 보내는 시간이 길어졌다. 하루하루 사위어가는 촛불처럼 위태위태하던 어머니가 8개월 만에 거짓말처럼 돌아가셨다.

어머니를 떠나보내는 일이 처음이었던 자식들은 어머니를 보내는 일에 서툴렀다. 어머니가 돌아가신 것이 마치 누구의 잘못인 양 서로 떠넘기기 바빴다. 어머니가 투병 생활 하실 때 의사소통이 안 되는 바람에 오해가 잦았다. 기관 절개로 목소리가 안 나오니 표정으로 어머니의 마음을 읽어야 하는데 각자 해독하는 방식이 달랐다. 어머니의 표정이 조금이라도 언짢으면 자매들은 마치, 병시중을 드는 내가 무슨 잘못이라도 한 것처럼 생각했다.

매일 병실을 지키며 지쳐 있던 나도 참다못해 한마디하고 말았다. 자매들의 갈등에 어머니는 손사래를 치시며 우셨다. 언니인 내가 참았어야 했다. 장례를 치르고 나서도 마음이 착잡하고 불편했다. 생각해보면 말의 성분도 꼭, 물같이 액체일 것만 같다. 당최 한번 쏟아놓은 말은 주워 담을 수가 없으니 말이다.

아무리 쓸어 담고 닦아도 스며드는 말은 뻣뻣하고 오기가 있다. 내가 뱉은 말에 동생은 적잖이 상처를 받았다. 나도 동생이 던지는 말에 심하게 아팠다. 형제들 간에도 상처 입은 가슴은 쉽게 치유되지 않았다. 우애 있고 돈독한 형제들이라도 부모님 상을 당하면 틈이 생긴다는 어른들의 말씀이 정말 실감 났다. 자라면서 한 번도 다툼이 없던 우리 형제들 간에도 서먹서먹하게 보이지 않는 벽이 생겼다. 50여 년을 사는 동안 늘 우애 있는 형제라고 동네 사람들이 부러워했는데 한순간에 남만도 못한 사이가 되어 서먹해졌다.

핏줄이 터지며 생기는 흉터는 아주 오래간다. 우리는 겉으로는 웃고 다독거려도 속까지 아무는 데 퍽 오랜 시간이 걸렸다.

살면서 참지 못하고 내뱉는 말 때문에 누군가는 상처를 받는다. 내가 생각 없이 뱉는 말에 어떤 이는 잠 못 이루고 어떤 이는 가슴에 못이 박힌다. 뚜껑을 잘못 열어 내용물을 쏟은 것처럼 내가 한 말로 가슴 아파하는 사람이 없는지 돌아봐야겠다.

집 안에 떠다니는 간장 냄새로 어머니를 불러왔던 고추지를 다시 손질했다. 누렇게 뜬 고추는 건져내고 바닥에 가라앉은 것을 골라 작은 유리병에 옮겨 담았다. 욕심내지 않고 고추가 숨 쉴 수 있도록 여유 있게 뚜껑을 닫았다. 이번에야말로 제대로 뚜껑을 닫았으니 어머니가 만들어준 것처럼 아삭하고 맛있는 냄새가 날 때까지 기다리기만 하면 될 것 같다.

주령구

시간이 얼마나 흐른 것일까. 40여 년
이 훌쩍 넘어 다시 찾은 포석정은 전복껍데기 모양의 이미지만 남
아 있어 아쉬웠다. 차를 돌려 안압지로 오니 입구 연못에 핀 연꽃이
한창이라 관광객이 많았다. 우리 가족도 연꽃 앞에서 사진을 찍고
안압지로 발걸음을 옮기는데 신기한 풍경이 눈에 들어왔다. 사람들
이 모여 맛있게 빵을 먹고 있는데 바로 주령구 빵이었다. 대체로 빵
은 둥근 모양인데 주령구 빵은 주사위처럼 각이 져 참, 독특했다.

나이가 들었다는 증거일까. 안압지에서 눈에 들어오지 않았던
것이 내 발목을 잡았다. 바로 입구에서 먹었던 빵의 모습인 '주령
구'였다. 이제껏 이름도 들어본 적 없는 주령구는 통일신라 시대 귀
족들의 놀이기구로 참나무로 만들어진 14면체의 목각 주사위였다.
주령구는 1975년에 안압지 연못 바닥의 갯벌 속에서 출토되었다
고 하는데 그동안 나는 왜 한 번도 주령구를 못 봤던 것일까. 이리

저리 주령구의 모습을 살펴보니 어릴 때 친정어머니가 가르쳐주셨던 주사위였다는 것을 알 수 있었다. 주령구의 육각 면에 적혀 있는 벌칙을 읽는 사이 추억은 나를 40여 년 전의 친정집으로 데려다 놓았다.

친정집은 삼남 삼녀 육 남매였다. 어렸을 때 기억 속의 친정어머니를 생각하면 누워 있던 모습이 더 많이 떠오른다. 친정어머니는 손이 귀했던 집에 시집와 아이를 많이 낳으면서 병치레를 많이 하셨다. 그래서인지 어릴 때부터 어머니는 육 남매한테 집안일을 한 가지씩 분담하게 했다.

어머니는 육 남매한테 집안일을 시킬 때마다 종이쪽지와 정사각형의 하얀색 주사위를 주셨다. 주사위를 던져 나온 숫자와 종이쪽지의 숫자가 같으면 그 종이에 적혀 있는 집안일을 맡게 되는 것이었다. 딸 셋, 아들 셋이었던 친정에는 위로 오빠가 둘이고 아래로 남동생 한 명과 여동생 두 명이 있었다.

그때 오빠들은 사춘기였는지 남자가 집안일하는 것을 무척 창피하다고 여겼다. 그날도 육 남매는 엄마가 적어준 종이쪽지와 주사위를 가지고 마루에 모였다. 오빠들은 남자가 왜 집안일을 해야 하느냐고 입이 나왔지만, 어머니는 아들이나 딸이나 똑같이 도와주어야 한다고 했다.

제일 먼저 큰오빠가 주사위를 던졌다. 오빠가 던진 주사위는 까만 점이 두 개 찍힌 면이 나왔다. 그러면 2번의 종이쪽지에 적힌 집안일을 하게 되는 것이다. 잔뜩 긴장하고 있던 큰오빠는 엄마가 건

주령구

네주는 2번이 적힌 종이쪽지를 받았다. 순간 다섯 동생들의 눈이 모두 큰오빠한테로 쏠렸다.

무슨 일을 하게 될까 싶어 궁금해하는데 갑자기 큰오빠가 큰소리로 웃었다. 입이 귀에 가 걸리며 기분 좋아하던 큰오빠의 쪽지에는 '동생들 잘 돌보기와 마당 쓸기'였다. 다음은 작은오빠 차례였다. 키가 작고 피부가 하얗던 작은오빠는 친척들 사이에서도 가장 순둥이로 통하는 심성 좋은 아들이었다. 작은오빠는 얼굴만 봐도 인심이 뚝뚝 떨어져 보이지만 한번 화가 나면 종일 말을 하지 않았다.

작은오빠가 던진 주사위는 점이 다섯 개 찍힌 5번이었다. 엄마한테 5번의 숫자가 적힌 종이쪽지를 받아 들은 작은오빠는 얼굴이 벌게지더니 씩씩거렸다. 작은오빠가 할 일은 바로 요강을 비우고 닦는 일이었다. 우리 집에 방이 세 개였는데 요강이 네 개나 되었다.

작은오빠의 심통에 어머니와 육 남매는 모두 배꼽을 잡고 웃었지만 이미 주사위는 던져진 뒤였다. 그런데 이상한 일은 마치 엄마가 마술을 부린 것처럼 나는 설거지, 바로 밑에 동생은 연탄재 버리기, 연탄 불구멍 닫기, 등 모두가 적절하게 감당할 수 있는 일이 걸렸다.

그중 가장 어려운 일을 맡았던 작은오빠는 요강 청소를 맡은 지 한 달 만에 사기 요강 한 개를 던져 깨뜨려버렸다. 오빠가 요강을 깨버리는 것을 본 사람은 나뿐이었고 오빠와 나는 그날 아침의 일을 비밀에 부쳤다. 40여 년이 지난 지금도 아침마다 철철 넘쳐흐르는 요강을 비우고 씻던 작은오빠의 순진한 모습이 떠오른다. 어머니는 집안일을 시킬 때 주사위를 던지게 했지만, 만화책을 빌려다 주거나 찐빵을 사주는 기분 좋은 일에도 주사위를 던지게 했다. 장난감이 없던 시절 주사위는 육 남매가 놀 때도 심심찮게 놀이도구가 되어주곤 했다.

가끔 딸애한테 무리한 일을 부탁할 때면 친정어머니의 지혜로웠던 육아법이 생각나 어머니가 존경스러웠다. 아무리 하기 싫은 일이라도 주사위를 던져 나온 결과에 대해서는 떼를 쓰거나 거부할 수가 없었던 것도 육 남매나 되는 자식을 소리 안 나게 키울 수 있었던 어머니의 현명함 때문이었으리라.

다시 주령구에 적힌 글귀를 들여다본다. 금방이라도 연못에서 수염을 길게 늘어뜨린 신라 시대의 귀족들이 주령구를 던지고 호탕하게 웃는 소리가 들리는 것만 같다. 육각형과 정사각형의 주령구에 적힌 음주문화의 벌칙을 소리 내어 읽어본다.

주령구에 나오는 벌칙을 보면 신라 시대 귀족들이 그리 과하지 않게 함께 즐기며 놀던 멋과 풍류가 느껴진다. 벌칙 중 '곡비즉진(曲臂則盡) — 팔을 구부려 다 마시기'는 요즘의 '러브샷'과 같고 '삼잔일거(三盞一去) — 술 석 잔을 한 번에 마시기'는 '원샷'에 해당하는 것을 알 수 있다.

또한, 남을 배려하는 마음도 엿볼 수 있다. '양잔즉방(兩盞則放) — 두 잔이 있으면 즉시 비우기'와 '추물막방(醜物莫放) — 더러운 것 버리지 않기'는 상대를 배려하는 마음 없이는 행할 수 없는 일들이다. 어떻게 그런 벌칙을 만들 생각을 했을까?

1,200~1,300년 전에는 장인들이 사용하는 공구도 열악했을 텐

데 정육면체가 아닌 14면체에 확률이 비슷한 주사위를 생각했다는 것은 참 놀라운 일이다. 안압지를 거닐며 그 시절에 어떻게 이런 정교한 주사위를 만들었을까 하는 생각이 들었다. 또한, 기계의 노예가 되어버린 이 시대에 어쩌면 우리는 옛날 선인들을 과소평가하고 있는 것은 아닌가 싶기도 했다.

안압지에서 주령구를 만나는 동안 1년 전 안타깝게 돌아가신 친정어머니 생각이 많이 났다. 딸 부잣집의 맏이로 태어난 어머니는 주위에서 인정할 만큼 매사에 지혜롭고 현명하게 자식들을 키우셨다. 어릴 때 어머니가 가르쳐주신 주사위 놀이는 성취감, 문제의 해결력, 소통, 집중력, 자존감까지 키워주는 역할을 했다.

만약 어머니가 주사위 놀이를 시키지 않고 무조건 집안일을 하게 했다면 자식들이 어떻게 받아 들였을까. 아마도 힘든 일은 서로 하지 않으려고 싸우거나 떼를 썼을 것이다.

안압지에서 만났던 주령구를 떠올리면서 아이들의 놀이문화를 생각해본다. 우스갯말로 요즘 아기들은 '엄마'라는 말보다 '태블릿'이라는 말을 먼저 한다고 한다. 바로 인터넷의 발달로 스마트폰에 중독되어 있기 때문이다. 오죽하면 기저귀를 차고 가장 처음 하는 말이 '태블릿'이라는 웃지 못할 유행어가 떠돌까. 정말 가슴 아픈 일이다. 훗날 딸애가 결혼하여 손자가 생기면 나도 친정어머니가 우리에게 했던 것처럼 주령구 놀이를 가르쳐주며 우리 조상들의 지혜롭고 소박했던 삶을 이야기해줘야겠다.

처음이라서 서툴다

딸애한테서 접촉사고가 났다는 전화가 왔다. 사고에 놀라고 차를 부서뜨려 겁이 난 딸애의 목소리는 떨고 있었다.

사람만 안 다쳤으면 된다고 안심시켰지만 차가 부서졌다는 말이 은근히 신경 쓰였다. 옆에서 딸애의 사고 소식을 듣는 남편은 못마땅한 눈치였다. 내심 딸애 걱정을 하면서도 조심성 없다고 하는 남편의 말에 내가 처음 운전대를 잡던 때가 생각났다.

평생 기사 노릇 해줄 테니 면허 딸 생각은 하지 말라고 하던 남편이 언제인가부터 불평을 하기 시작했다. 스치는 말이었지만 친구 부인들은 다 운전하고 다니는데 나만 못 한다는 말을 듣는 순간 자존심이 상했다. 그날 바로 학원에 등록하고 보란 듯이 면허증을 손에 쥐었다. 남편은 겁쟁이가 한 번에 면허 딴 것이 대견하다면서 소형차를 사주었다.

저녁을 먹고 난 뒤 남편은 운전을 가르쳐주겠다고 했다. 어차피 출퇴근하려면 연습해야 할 것 같아 시트에 비닐도 안 벗긴 새 차를 가지고 공터로 나갔다. 뒷좌석에 딸애를 태우고 조수석에서 남편이 알려주는 대로 살살 운전하다가 후진을 할 때였다. 브레이크를 밟는다는 것이 그만 액셀러레이터를 밟고 말았다. 순간, "뭐야! 뒤에 사람 있잖아, 정신 어디에다 두는 거야?" 하며 윽박지르는 남편의 목소리가 방어할 새도 없이 두 귀를 찢었다. 그렇지 않아도 겁에 질려 있던 나는 눈앞이 뿌옇게 흐려졌다.

"당장, 내려. 차, 도로 갖다줘야지. 도대체 운전면허는 어떻게 딴 거야?"라고 하는 남편의 성난 목소리에 놀라 차 키를 뺀다는 것이 다시 시동을 걸었다. 워낙 기계 다루는 일에 손방이라 그런지 내가 손을 대면 차에 달린 브러시가 움직이고 때로는 클랙슨이 소리를 냈다. 그때마다 남편은 얼굴이 벌게지며 화를 냈다.

남편한테 운전 배우다 이혼하는 부부가 있다더니 정말 그 말이 백 번 공감되는 순간이었다. 엄마의 첫 시승식을 잔뜩 기대하고 있던 딸애는 불같이 화를 내는 남편한테 그렇게 무섭게 가르쳐주면 아무리 운전 잘하는 사람도 사고 나겠다며 나를 두둔했다. 딸애한테 두남 받으니 참았던 눈물이 왈칵 쏟아졌다. 결국, 운전 연습도 못 하고 돌아온 그날 밤 악패듯 소리 지르던 남편이 괘씸해 눈이 퉁퉁 붓도록 울었다.

얼마 전 친정어머니를 떠나보냈다. 여든의 연세에도 앳돼 보이고 건강하셨던 어머니는 편찮으신 아버지 병시중 드느라 당신의 죽음에 대해서는 한 번도 이야기해본 적이 없었다. 어머니는 언제나 아버지의 뒤를 걱정하며 고생 안 하고 편안하게 돌아가셨으면 좋겠다는 말을 입버릇처럼 했었다.

죽는 것에 순서가 있을까만 갑자기 돌아가신 어머니를 보내는 육 남매의 이별 방식도 서로 달랐다. 꺼져가는 생명 앞에서 지푸라기라도 잡고 싶어 두 번의 기관절개 수술을 한 것이 오히려 어머니를 고통스럽게 했다며 동생들이 울부짖었다.

부모님이 돌아가시면 형제 간에도 의가 상한다더니 우리 집에서도 같은 일이 벌어졌다. 안 그래도 가슴이 미어지는데 보이지 않게 담을 쌓는 동생들 때문에 나도 모르게 서러움이 쌓여갔다.

당신도 병중에 있으면서 아내를 보내는 아버지의 눈가에도 붉은 물이 들었다. 한쪽 어깻죽지가 떨어져 나간 아버지는 성치 않은 몸으로 어디에 눈을 둬야 할지, 무엇을 해야 할지 몰라 장례식 내내 의자처럼 앉아 꼼짝하지 않았다.

자신들의 슬픔을 추스르기에도 바쁜 자식들은 아버지 생각은 하지 못했다. 입 밖으로 내뱉진 않았지만 외려 아버지를 간병하느라 어머니가 돌아가셨다고 생각하는 것 같았다. 밥도 잘 못 드시는 아버지는 연방 눈물을 훔쳤다. 그런 아버지가 안쓰럽고 안타까우면서도 속이 상했다.

누구에게나 처음은 서투르다. 한 번도 안 해본 것을 어떻게 익숙하게 할 수 있단 말인가. 아버지도 아내를 처음 떠나보내고 자식들도 엄마를 처음 보내는 일이었기에 우리는 모두 이별하는 일에 서툴렀다. 각자 자기 아픔을 챙기기에 바빠 허둥거렸다.

어머니를 낯선 곳에 혼자 모셔두고 온 날, 결국 가슴에 안겨 있던 불덩이가 쏟아졌다. 그동안 섭섭했던 것이 있으면 다 풀고 가라고 큰오빠가 마련한 자리에서 장녀인 내가 울음을 터뜨렸다. 여동생들도 나름대로 할 말이 많았다.

잘해보자고 마련한 자리인데 오히려 다툼이 벌어졌다. 정말 보이는 것이 다가 아닌 것처럼 형제간에 우애 좋기로 소문났던 우리 집에서 그런 일이 일어났다는 것이 믿기지 않았다.

그날 일을 생각하면 지금도 얼굴이 화끈거린다. 몇 살이라도 더 먹은 내가 참았어야 했다. 어머니를 보내는 일이 처음이라 서로 실수한 것에 대해 언니인 내가 관대하지 못했던 것 같다. 동생들도 방법이 달랐을 뿐이지 엄마를 사랑하는 마음은 누구보다도 컸을 것이라는 생각을 왜 못 했을까.

우리는 매일 처음과 만난다. 한 번도 살아본 적 없는 오늘과 마주하며 산다. 따지고 보면 이 세상에 처음 아닌 것은 없다. 처음은 설레게 다가오는 만큼 두렵기도 하다. 첫사랑도 연습 없이 처음 하는 사랑이라 익숙지 못하고 상대를 배려하는 마음이 서툴러서 헤어지게 된다. 하지만 지나고 나면 꾸밈없던 그때가 얼마나 순수하고 아름다웠는지 알게 된다.

처음 겪은 사고로 충격이 큰 딸애만큼 첫 사고인 내 차에 상처도 심했다. 딸애는 무서워서 당분간 운전을 하지 않겠다고 했다. 하지만 나는 실수가 두려워 포기한다면 앞으로 아무것도 할 수 없을 테니 더 조심하며 운전을 해야 한다고 했다.

혼자 자라 새로운 것과 부딪히는 것을 두려워하는 딸애 나이 이제 겨우 스물다섯 살이다. 살아가면서 앞으로 딸애가 만나야 할 처

우포지의 에

음인 것들이 얼마나 많을까. 눈부시게 아름다운 사랑도 해야 하고 엄마도 되어야 한다. 또한, 언젠가는 처음으로 부모의 죽음을 맞이하기도 해야 할 것이다.

세상의 모든 시작은 처음이다. 소녀가 자라 여자가 되고 어머니가 되는 것처럼 처음부터 완성되는 인생은 없다. 삶이란 서툰 것이 쌓여 미립을 얻는 일이라고 딸애한테 이야기해주고 싶다. 서투르게 시작하는 것, 그것이 바로 우리의 삶이고. 그럼에도 나는 여전히 내 모든 처음을 사랑한다고……

육개장을 먹는 시간

마치 가족 모임이라도 하는 양 모여
드는 친척들의 얼굴에 당혹스러움이 역력하다. 오늘 아침에도 전화
통화했다는 큰고모의 갑작스러운 부고를 받았으니 왜 아니겠는가.
급하게 차려진 빈소에는 울음소리가 그치지 않는다. 모임에 갔다가
허둥지둥 달려온 둘째 고모가 쓰러질 듯 통곡을 한다. 부산에 살아
더디게 도착한 둘째 딸도 영정 사진을 끌어안고 쓰러졌다.

사연 없는 죽음이 없다지만, 어떻게 이런 일이 다 있을까. 어이
없고 허망하게 돌아가신 고모 이야기 하느라 앞에 놓인 육개장이
식어 기름이 뜬다.

올해 여든넷인 고모는 고모부가 돌아가시고 대궐같이 지은 전원
주택에서 아들하고 단둘이 지냈다. 워낙 성격이 깔끔하고 바지런하
신 고모네 집 앞마당은 지푸라기 하나 없이 깔밋했다. 돌아가시던
날도 쓰레기를 주워 태우다가 변을 당했다. 지은 지 오래된 집이라
불은 순식간에 벽으로 옮겨붙었다.

새우등이 되도록 일해 장만한 집이라 고모는 집을 지켜야 한다는 생각밖에 없으셨던 것 같다. 당신 몸에 불붙는 것은 생각도 안 하고 불을 끄느라 불구덩이에 뛰어들었다. 큰불이 아니라 다행히 불은 껐지만, 연로하신 고모는 연기에 질식해 돌아가셨다.

고모 혼자 계시는 날이 많다고 아들이 달아놓은 CCTV가 자식처럼 고모의 마지막 길을 지켜보고 있었다. 일하러 갔던 아들이 돌아와 CCTV 영상을 보고서야 고인의 죽음을 확인했으니 얼마나 기막힌 일인가.

입관식을 마치고서 여자 사촌들이 모여 앉았다. 나이가 같아 어릴 때는 친구처럼 지냈는데 결혼하고 서로 멀리 살다 보니 큰일이 있어야만 이렇게 얼굴을 보게 된다. 바쁘다는 핑계로 찾아뵙지 못한 죄스러움이 씀벅씀벅 고개를 들었다. 인정 많고 자상해 조카들한테도 잘했던 고모를 추억하며 눈물을 찍어냈다. "서로 연락도 하고 지내야 하는데 늘 장례식장에서 만나게 되네." 이틀 만에 눈에 띄게 수척해진 고종사촌이 먼저 입을 열었다.

그랬다. 동갑내기 사촌이지만 결혼하고 30년 동안 서로 어떻게 사는지도 모르고 지냈다. 오늘같이 집안에 큰일 있을 때만 만나서 그런지 말이 중간에서 뚝뚝 끊어졌다. 의례적인 말 한마디씩 건네고 나니 다시 어색한 침묵이 흘렀다.

누가 연락하는지 평소 왕래가 없던 사람도 장례식장에 다녀가는 것을 보면 신기하다. 고모의 빈소에도 밤이 이슥하도록 사람들의 발길이 이어졌다. 육개장을 먹고 일어선 상에 다시 육개장이 차려지는 것을 보니 3년 전 친정아버지 돌아가셨을 때가 생각났다. 어떻게 알았는지 얼굴도 기억나지 않는 동창들이 찾아와주었다. 중학교 동창들이니 딱 40년 만이었다. 서로 얼굴도 이름도 기억나지 않으면서 애써 추억을 떠올리는 장례식장이 꼭 동창회 자리 같았다.

작정한 듯 추억을 들춰내는 여자 동창들의 걸걸한 수다는 40년 전 이야기로 풍성했다. 얼근하게 취기 오른 남자 동창들의 술안주는 정치 이야기에서 불확실한 미래에 대한 이야기로 갈아탔다. 50대 중반을 넘겼으니 대부분 직장에서 은퇴했거나 퇴직을 앞둔 허리가 잘릴 나이였기 때문이리라. 현실을 부정하듯 식어 비틀어진 고사리 줄기를 잘근잘근 씹는 그들에게 뜨거운 육개장을 내어다 줄 때마다 이름을 기억하지 못해 참 많이 미안해지던 자리이기도 했다.

40년 만에 친정아버지 장례식장에서 만난 동창도 큰고모 딸처럼 쓸쓸한 말을 했었다. "우리는 이렇게 육개장을 먹을 때만 만나게 되는구나. 다음에는 또 누구의 육개장을 먹으며 볼 수 있을지 모르겠다." 처음에는 낯설게 들리던 그 말이 시간이 흐르면서 자꾸 짙어지는 것은 무슨 연유일까.

예순을 눈앞에 두었어도 사는 게 뭔지 당최 모르겠다. 무에 그리 장한 일을 하고 산다고 서로 연락도 못 하고 사는 건지. 밥 한번 먹자고 나누는 말이 인사치레가 된 지도 오래다. 아니, 야박하게 육개장을 먹는 것으로 밥 약속을 대신한 적도 있었지 싶다.

환하게 웃으시는 고모의 젊은 영정 사진을 바라보며 인생은 육개장을 먹기 위해 사는 것이라고 하던 동창의 말이 다시 가슴에 박힌다. 사는 게 팍팍해 잊고 살다가 인생처럼 쓴 소주와 시뻘건 육개장을 먹을 때만 친구들 얼굴을 볼 수 있다고 넋두리하던 그 친구는 오늘 안녕한지.

먹고사느라 지쳐 장례식장에서야 안부를 묻는 가난한 인생들. 삶에 외면당해 서럽고 외로운 사람들과 상처받은 영혼들을 위로할 수 있는 육개장이 있어 그나마 얼마나 다행인지. 뜨겁고 얼큰한 국물 한 숟가락이 상처로 얼룩진 이들의 속을 편안하게 해줄 수 있어 얼마나 행심한지. 그런 생각이 드니 앞으로 장례식장이 아닌 곳에서는 육개장을 먹을 수 없을 것만 같다.

사람들의 발길이 끊어진 시간, 울다가 지친 상주들이 화분처럼 벽에 기대 있다. 도우미들이 모두 퇴근해버린 식당도 조용하다. 오늘 밤이 지나면 이 자리에는 또, 어떤 망인을 위로하는 육개장들이 웅성거릴까.

안타깝게 뒷모습을 응시하며 서로를 배웅하고. 아무 일 없던 것처럼 무심하게 살다 보면 어느 날 또 육개장 먹으러 이곳을 찾을 날이 있겠지. 마치 육개장 먹을 날을 기다리며 살았던 것처럼 우리는 목구멍 깊숙이 뜨거운 국물을 밀어 넣으며 습관처럼 오늘 우리가 먹었던 육개장에 관해서 이야기하리라.

"너무 오래 힘들어하지는 마라. 슬픈 일이지만, 이렇게 장례식장에서라도 볼 수 있으니 좋지 않니?" 인생처럼 쓴 소주 한잔에 거나해진 동창이 남긴 한마디가 이렇게 오래도록 가슴에 남을 줄이야. 시뻘겋고 걸쭉한 육개장이 이렇게 가슴을 후벼팔 줄이야.

곰보빵

회식이 있다는 남편의 전화에 스르르 긴장이 풀린다. 일단 오늘 저녁밥 걱정은 하지 않아도 된다. 종이처럼 의자에 깊숙이 접혀 있던 몸을 펴고 나오니 부슬부슬 늦은 가을비가 내린다. 작정했던 것도 아닌데 마치 내 마음속을 알고 있기라도 하듯 핸들이 빵집으로 기운다.

집에 오니 마침 딸애도 빵이 먹고 싶었는데 잘됐다며 봉지에서 빵을 수북하게 쏟아놓는다. 그런데 웬걸, 다양하게 고른다고 했는데 내가 좋아하는 곰보빵이 제일 많다. 옷을 벗기도 전에 곰보빵을 한 개 들고 앉았다. 나는 곰보빵을 먹어도 겉에 있는 울퉁불퉁하고 바삭한 곰보를 좋아한다. 혀에 닿는 느낌은 거칠고 까칠하지만 씹히는 촉감이 좋다. 뭐랄까, 꼭 쿠키를 먹는 것 같기도 하고 조용하고 은밀하게 씹히는 빵의 질감과는 사뭇 다르다. 그 맛 때문에 곰보만 다 떼어먹고 빵은 버리면 딸애는 왜, 예쁘게 생긴 빵 놔두고 하필이면 못생긴 곰보빵을 좋아하는지 모르겠다고 한다.

딸애의 말처럼 사람들은 왜 못난이 곰보빵을 좋아할까. 시골 아낙네처럼 순하고 수더분해 보여서일까. 순식간에 곰보빵 한 개를 먹어 치우고 두 개째 집어 드는데 울룩불룩한 곰보빵 위에 눈물이 그렁그렁한 명희의 얼굴이 아른거린다. 명희는 아직도 곰보빵을 싫어할까. 비 오는 날 저녁으로 먹는 곰보빵이 슬쩍 명희와의 추억의 장소로 데려다 준다.

명희는 이웃에 살던 중학교 동창이다. 중학교 체육대회 날 급식으로 곰보빵이 나왔다. 단짝 친구였던 명희와 같이 플라타너스 아래 앉아 곰보빵을 한입 베어 무는데 갑자기 그녀의 팔이 번쩍 들렸다. 입에 대지도 않은 빵을 학교 뒤 담 너머로 던지는 것이었다. 순식간에 일어난 일이라 어리둥절해하는데 명희는 눈물이 글썽한 채 운동장만 바라보고 있었다. 그때까지만 해도 나는 명희가 왜 그런 행동을 하는지 알 수가 없었다.

명희는 얼굴이 얽었다. 어릴 때 천연두를 앓고 나서 남은 자국이었다. 왼쪽 볼에 유난히 많은 곰보 자국 때문에 명희는 늘 앞머리를 길게 늘어뜨려 흉터를 가리고 다녔다. 그때만 해도 주변에 명희처럼 얼굴이 얽은 사람들이 더러 있었다. 친하게 지내서 별스럽게 생각하지 않았는데 명희한테는 마맛자국이 꽤 큰 스트레스였던 것 같다. 가끔 명희한테 곰보라고 놀리는 남학생들도 있었다. 그런 날이면 명희는 집에 돌아와 이불을 뒤집어쓰고 방문 밖으로 나오지 않았다.

동생들은 안 그런데 명희만 곰보라 집에서도 상처를 많이 받았다. 그 시절엔 자식도 많고 당장 먹고사는 것이 힘들어 그녀의 고민을 들어줄 수 있는 사람이 없었다. 부모님도 그녀의 마맛자국에 관심을 둘 만큼 여유가 없으니 그저 생긴 대로 살고, 타고난 대로 살아야 한다고 생각했다.

명희는 공부도 썩 잘했지만, 중학교를 졸업하고 고등학교에는 가지 못했다. 그때부터 과수원과 제지공장으로 일하러 다녔다. 사과 전지하는 아줌마들과 함께 어울려 다니며 일하는 그녀는 손끝이 야무져 아줌마들 사이에서도 인기가 많았다. 내가 가방을 들고 학교에 가는 시간이면 명희도 모자를 푹 눌러쓰고 과수원 언덕배기를 넘어가곤 했다. 집안끼리 잘 알고 지내고 중학교 때까지도 친하게 지내던 터라 반가워하면 그녀는 총알 같은 걸음으로 내달음질쳤다.

수년이 넘게 다닌 공장에서도 인정받고 돈도 제법 많이 모았다는 그녀가 조금씩 달라지기 시작했다. 꼭 촌스러운 곰보빵이 세련된 모카빵으로 변하는 것처럼 화장이 짙어지고 머리 스타일도 달라졌다. 간혹 스카프를 멋스럽게 두르고 원피스를 입은 그녀를 몰라볼 때도 있었다. 어머니는 그녀가 같은 공장에서 사무 보는 남자와 사귄다고 했다. 남자는 고등학교를 나오고 키도 크고 인물도 훤하다고 했다. 딸의 얼굴에 핀 곰보 자국까지 예뻐한다는 그 남자 자랑에 명희 어머니의 얼굴에도 화색이 돌았다.

집에 과일도 사 오고 쇠고기도 사 왔다고 사윗감 자랑을 입에 물고 다닐 때쯤 그녀의 결혼 소식이 들렸다. 좋은 남자 만나 시집 잘 가는 명희가 얼굴은 곰보라도 복을 타고났다며 동네 어른들이 다들 한마디씩 했다. 보기엔 거칠고 투박해도 먹어보면 그 맛에 중독

되는 곰보빵처럼 생활력 강하고 착한 명희의 심성이 남자의 마음을 사로잡은 것이었다. 곰보빵의 구수하고 달콤한 맛처럼 그 시절이 명희의 인생에서 가장 달콤한 시절이 아니었나 싶다.

시집가서 이듬해에 바로 아들을 낳았다는 소린 들었는데 그 후 그녀의 소식이 끊겼다. 그동안에 나도 결혼하고 아이 키우고 사느라 정신없어 그녀의 얼굴도 까마득하게 잊었다. 몇 년 전 친정에 다니러 가니 명희가 이혼당하고 혼자 아들 데리고 산다고 했다.

명희 이야기를 하시던 친정어머니는 명희가 불쌍해 죽겠다며 혀를 끌끌 찼다. 시집가서도 직장을 내놓지 않고 일해 집도 사고 어려운 집안을 보란 듯이 일으켰는데 남편한테 다른 여자가 생겼다는 것이다. 남편과 자식 뒷바라지하느라 정작 자신은 돌아볼 여유 없이 일만 하는 아내의 억척스러움이 남편의 눈에는 신물 나고 지겨웠던 모양이다. 한때는 곰보 자국이 매력적이라며 좋아했던 남자가 딱 10년 살고 나더니 갑자기 울퉁불퉁한 마맛자국이 창피해 같이 못 살겠다며 떠났다.

이혼의 아픔으로 한동안 갈팡질팡하던 명희가 다시 삶의 끈을 부여잡았다. 가정형편 때문에 포기했던 공부를 시작해 방송통신대학교도 졸업했다. 마음고생이 심하면서도 당차게 공부해 늦깎이로 공무원이 되었다. 동창 모임에도 잘 나오고 얼굴도 밝아졌다. 늘 가족을 위해 희생만 하던 그녀가 이젠 자신을 사랑하며 잘 사는 것을 보니 마음이 놓인다.

내가 곰보빵을 맛본 지 40년이 훨씬 지났지만, 아직도 빵을 대하는 마음이 편안한 것처럼 명희를 떠올리면 이상하게도 마음이 푸근해진다. 그것은 바로 노릇노릇하고 구수한 곰보빵처럼 명희한테서 느껴지는 따뜻함과 수더분함 때문이리라.

가끔 여리고 보잘것없는 것들에게서 겸손함을 배울 때가 있다. 어린 마음에 곰보 자국이 얼마나 가슴에 맺혔으면 빵을 집어 던졌을까. 그런 그녀의 마음을 헤아리지 못했던 내가 아주 부끄럽다. 오늘도 어딘가에서 열심히 삶의 능선을 오르내리고 있을 명희가 몹시도 그립다.

제5부

피베리 커피

골목길을 읽는다

어느새 해가 많이 길어졌다. 퇴근 시간이면 깜깜하던 하늘이 일곱 시가 다 되었는데도 환하다. 옆 단지 아파트의 장터에 가려고 집을 나섰다. 3월이지만 아직 쌀쌀한데 성미 급한 목련은 벌써 봉오리가 맺혔다. 매화나무에 맺힌 꽃봉오리도 옹골져 금방 터질 듯 탱탱하다. 늘 차를 타고 다녀 주변에 어떤 변화가 일어나는지 살피지 못했는데 바람은 아주 가까운 곳에서 이미 봄을 실어 나르고 있었다. 슈퍼를 지나 좁은 길로 들어서니 인기척에 놀란 골목이 어깨를 곧추세운다.

골목길을 따라 걷는데 재미있게 그려놓은 벽화가 눈에 들어온다. 언뜻 봐도 아이들이 자유롭게 붓질한 그림이다. 색색의 물감을 풀어 아이들의 세계에 걸맞은 꽃밭도 만들고 나무도 심어놓았다. 반대편 담벼락에는 한국을 빛낸 사람을 주제로 한 인물화도 걸려 있다.

누군지 참, 좋은 생각을 해냈다. 아파트와 아파트가 서로 등지고 있어 자칫하면 지저분해 보일 수 있는 골목길을 '테마가 있는 길'로 만들어놓은 것이다. 이야기가 있는 골목 끝에는 사람 사는 냄새가 물씬 풍기는 노점이 있었다. 어둠살 번지는 난전은 저녁 찬거리를 사려는 사람들로 시끌벅적했다. 물 좋은 생선이 있다고 외치는 아저씨와 냉이, 달래 등 푸성귀를 다듬고 있는 할머니. 맛깔스러운 밑반찬을 내놓은 중년 여자가 구수한 입담을 펼치고 있었다.

일주일에 한 번 장이 열리는 이곳에 오면 싱싱한 부식 거리를 사는 것도 좋지만 사람 구경하는 재미가 쏠쏠하다. 이곳저곳 기웃거리다 그냥 지나치는 이들의 시선을 붙잡으려고 애쓰는 할머니한테 냉이와 달래를 샀다.

거스름돈을 챙겨주시던 할머니가 어느새 냉이 한 움큼을 집어 봉지에 더 담는다. 식구가 적어 괜찮다고 해도 손사래를 치시는 할머니의 인정스러운 손이 넘쳐 나오는 냉이 봉지를 묶는다. 그사이 조금 남아 있던 해가 슬그머니 동네를 빠져나가고 어둠이 사방을 먹어치우기 시작한다.

노점을 벗어나 어둑어둑해지는 골목을 돌아서니 놀이터엔 아직도 공을 차고 노는 아이들의 목소리가 한창이다. 몇몇 꼬마들은 엄마가 옆에서 기다리고 있는데도 미끄럼틀에서 내려올 생각을 하지 않는다. 집에 가야 한다고 화를 내는 엄마 앞에서 더 놀다 가겠다고 떼를 쓰며 우는 아이를 보니 어린 시절 골목길에서 같이 놀던 친구들의 얼굴이 떠오른다.

마땅한 장난감이 없던 그 시절에 골목길은 우리들의 놀이터였다. 그래서인지 골목길은 늘 왁자했다. 해가 지고 깜깜해질 때까지 아이들의 웃음소리는 그칠 줄 몰랐다. 밤이 이슥해지도록 골목에서 놀다 보면 아이들을 부르던 어머니들의 목소리가 골목길을 가득 채웠다.

동네에 싸움 잘하는 골목대장이 있었다. 키가 아주 작고 대추 알처럼 단단한 아이였는데 그 친구는 여자아이들이 고무줄놀이할 때마다 나타나 고무줄을 끊어가지고 달아났다. 그 친구를 피해 다른 골목에서 놀아도 용케 찾아와 고무줄을 휘감고 도망쳤다. 공기놀이나 목자치기 놀이를 할 때도 마찬가지였다.

모둠 공기놀이를 하느라 모아놓은 공깃돌을 발길질로 쓸어버리거나, 깨금발을 떼고 목자치기 하는 친구를 떠밀어 넘어뜨리는 일도 있었다. 더 재미있었던 친구는 골목대장 명수를 따라다니던 철이다. 철이는 고무줄 끊을 용기도 없으면서 괜스레 명수를 따라다니다가 힘센 여자아이한테 잡혀 혼이 났다.

동네 친구 중에 남자보다 더 힘이 세고 덩치 큰 여자아이가 있었다. 학년은 같지만, 우리보다 두 살이 많은 그 친구한테 잡히면 남학생도 흠씬 얻어맞았다. 명수가 잘못했는데 두들겨 맞는 일은 언제나 철이 담당이었다. 철이는 늘 명수 꽁무니를 따라다니며 두 번째 대장 노릇을 했다.

만날 여자아이들을 괴롭히고 바지는 줄줄 내려가 엉덩이가 보일 것처럼 아슬아슬하게 하고 다니던 명수가 중학생이 되더니 완전히 다른 사람으로 변했다. 학교에 가다가 골목길에서 마주치면 얼굴이 빨개지며 고개도 들지 못했다. 그 용감하고 날래던 골목대장 명수는 어디로 가고 점잖고 단정한 남학생이 서 있었다. 생각해보니 명수는 그때가 사춘기였던 것 같다.

골목은 시간과 공간이 공존하던 곳이다. 뉘 집 딸이 얌전하고 뉘 집 남자가 바람이 났다는 둥, 골목은 동네 사람들의 집안 사정을 속속들이 꿰고 있었다. 햇살이 기지개를 켜고 나오는 시간이면 골목에 모여 앉아 이웃집 이야기를 깨알같이 전하던 아낙들의 모습도 옛일이 되었다. 자다가 오줌 싸서 자기 키보다 더 큰 키(箕)를 머리에 쓰고 소금을 얻으러 가던 사내아이의 얼굴도 추억 속으로 묻혔다.

입학철이면 담장 위에 얹어놓은 라디오에 귀를 기울이고 합격자 발표를 듣던 곳. 몇 가구 안 되는 동네에 소문은 골목에서 피어났던 것처럼 젊은 연인들의 연정이 시작되던 곳도 골목길이다.

언제인가부터 골목길에 사람의 발길이 뜸해졌다. 사람들의 입에 정겹게 오르내리던 골목은 어둡고 음산함의 대명사로 바뀌었다. 골목이 주는 친근함과 푸근함도 잊힌 지 오래다. 삶에 애환과 낭만이 있던 골목길은 이제 추억 속에서나 찾아볼 수 있다.

골목길도 이젠 늙었다. 가로등 불빛 아래서 남몰래 사랑을 키우던 청춘들도 하나둘 골목을 떠났다. 왁자하던 아이들의 웃음소리도 가뭇없다.

오랜만에 골목길에 서니 유년 시절의 필름을 판독하듯 세세하게 들려주는 골목의 이야기에 가슴이 짠해진다. 벌써 40여 년이 훌쩍 지났지만, 아이들의 깔깔거리는 웃음소리가 들리는 듯하다. 공기놀이를 잘하던 숙이와 짓궂은 남자애들을 혼내주던 덕희는 어떻게 변했을까.

밤늦도록 뛰놀며 골목길의 기척을 읽던 친구들과 아이들을 부르며 목소리를 높이던 어머니들의 야윈 얼굴도 어른거린다. 긴 겨울밤에 '메밀묵, 찹쌀떡' 하고 소리쳐 부르던 정겨운 목소리가 있던 그 시절의 골목길이 아주 그립다.

꽃 손

열어놓은 베란다 창으로 고슬고슬한 햇빛이 들이친다. 얼마 전까지만 해도 화분으로 꽉 차 있던 자리에 햇발이 그림자놀이를 하고 있다. 커피 한잔을 들고 베란다 한쪽에 자리를 잡았다. 우리 집 베란다가 이렇게 넓었던가. 늘 비좁도록 화초를 들여놓아 빨래라도 널려면 까치발을 떼고 널던 기억뿐인데 오늘은 아담한 카페를 차려도 될 것 같은 기분이다.

기념일이나 이름 있는 날 들어온 화분과 하나둘 사들인 화분이 50여 개가 넘었다. 아침저녁으로 화분을 들여다볼 때면 흐뭇했다. 하나, 예쁜 꽃을 보며 호사를 누리는 만큼 관리하는 것이 일이었다. 계절이 바뀔 때면 화분을 싸주고 분갈이하는 일이 어려웠다. 추운 겨울에는 화초가 얼어 죽는 일도 있었다.

내 몸이 아프고 생활이 나태해지면 화초도 덩달아 게을러졌다. 이파리도 시들고 꽃도 피지 않았다. 하나둘 말라비틀어지는 화초를 볼 때마다 화분 정리를 해야겠다고 벼르다가 작정하고 베란다로 나섰다.

우선, 화분에서 벌 서고 있는 꽃 손을 모두 뽑았다. 기린초와 베고니아, 수선화 등, 가늘고 여린 꽃나무가 쓰러질까 봐 세워놓은 꽃 손이 제법 많았다. 플라스틱이나 철사로 된 것과 다급할 때 임시로 꽂아 쓴 나무젓가락도 눈에 띄었다. 그렇게 요긴하게 쓰이던 꽃 손은 묶어 따로 두었다.

큰 화분은 흙을 따로 분리할 요량으로 아파트 공터에 내놓았다. 몇 차례 끙끙거리며 내다 놓은 화분을 지나가던 동네 아줌마들이 한두 개씩 들고 갔다. 어떤 이는 화분을 가져가도 되겠냐고 하더니 아예 열댓 개를 가져가는 이도 있었다.

그 많던 화분이 순식간에 모두 없어졌다. 눈앞에서 벌어지고 있는 풍경이 정말 신기했다. 요즘은 버리는 일이 더 큰일이라 어떻게 처치할 것인가 고민스러웠는데, 뜻밖에도 쉽게 해결된 것이다. 옮기다 깨진 화분을 버리고 들어오며 나한테 소용없어진 물건이 다른 사람들에게는 필요할 수 있다고 생각했다.

어릴 때부터 유난히 화초를 좋아했다. 친정 부모님도 꽃을 좋아하셨다. 자랄 때 집 마당에 꽃이 많아 우리 집을 꽃집이라고 했었다. 길을 걷다 작은 풀꽃을 봐도 그냥 지나치질 못했다. 이른 봄, 돌 틈에 피는 제비꽃을 보면 집에 데려오고 싶어 안달했다. 그런 내 성격을 아는 남편이 가끔 종이컵에 제비꽃을 심어 내밀기도 했다.

화초를 좋아하다 보니 마치 화초가 집주인 같았다. 한 개, 두 개

늘어나던 화분이 거실을 넘어 안방까지 차지했다. 여름철엔 모기가 생겨 안 좋은 점도 있었지만, 꽃이 필 때면 참 좋았다. 눈을 뜨면 콧속으로 전해오는 향기와 황홀한 자태에 시름을 덜곤 했다. 특히 내가 좋아하는 색색의 바이올렛은 한번 피면 꽤 오래도록 지지 않았고, 까다롭게 구는 프리지어의 향기는 잠결에서도 매혹적이었다.

남편과 등산하다 가져온 야생난도 일 년 내내 하얀 꽃을 피웠다. 아주 작고 가냘파 보기에도 안쓰러운 난이라 더 애정이 갔다. 거기에 질세라 제라늄과 시클라멘, 베고니아도 다투어 꽃을 피웠다. 어쩌다 한 번씩 물을 줘도 잘 크는 사랑초와 기린초, 영산홍, 공기 정화에 큰 몫을 하는 스파티필룸도 오래도록 정이 들었다.

다육식물도 서른 개가 넘었다. 키우기가 쉬워 주부들한테 인기 있는 다육선인장을 한꺼번에 서른 개나 사서 분갈이한 적이 있다. 아주 작아 앙증맞은 선인장을 화분에 옮겨 심는 일이 만만치 않았다. 퇴근하고부터 시작한 분갈이가 새벽 세 시가 되어서야 끝났다. 분갈이한 화분을 선반에 올려놓고 나니 허리가 펴지지 않았다. 덕분에 며칠을 호되게 앓았다. 딸애는 그렇게 미련스러운 엄마 때문에 화초가 보기 싫다고 했다.

화분을 없애고 나니 새로운 공간이 생겼다. 학교에서 돌아온 딸애가 집 안이 훨씬 너르고 깨끗해 보인다고 좋아했다. 걸핏하면 화초 앞에 앉아 애쓰는 나를 못마땅해하던 남편도 아주 잘했다고 했다. 서운해할 줄 알았던 두 사람이 좋아하니 스산하던 기분이 좀 나아졌다.

화분을 정리하고 다시 며칠을 앓았다. 말이 50개지, 화분 50개 옮기기가 쉬운 일이 아니었다. 버릴 때는 몰랐는데 날이 갈수록 팔이며 어깨, 허리가 아파 꼼짝도 하지 못했다. 내 살처럼 아끼던 화초를 버려야 했던 마음마저 같이 아팠다.

발품을 팔아가며 사들일 때는 예쁘게 잘 키우겠다는 마음뿐이었는데 결국은 그 약속을 지키지 못하고 내다 버린 죄책감도 한몫했다. 여기저기 파스를 붙였더니 꽃향기 대신 집 안에 온통 파스 냄새가 진동했다. 이번에도 딸애는 매련스럽게 혼자 내다 버려 병이 났다고 툴툴거렸다.

화분을 버리고 나서 이상한 버릇이 생겼다. 이유 없이 자주 베란다를 나가보는 일이다. 물을 줄 일도, 꽃 손을 세워줄 일도 없는데 말이다. 아마, 10년이 넘도록 몸에 배어 있던 일이라 그런가 보다.

이제 나는 여유로워졌다. 덕분에 화분에서 늘 벌서던 꽃 손도 한가해졌다. 요즘은 나도 꽃 손도 할 일 없는 '우두커니'가 되어버렸다. 하지만, 아직도 화원을 지나는 길은 자유롭지 않다. 나도 모르게 눈길이 꽃으로 가고 자꾸 발걸음을 멈춘다. 언제쯤이면 이런 마음에서 자유로워질까.

사진 찍기

　　　　　　　　　　　예상은 크게 빗나가지 않았다. 째려 보는 듯이 날카로운 눈매. 부부싸움하고 돌아누운 사람처럼 굳은 표정은 말할 것도 없어 이번 사진도 실패작이었다. 몇 년 전 찍은 사진과 조금도 다르지 않은 인상이라니! 마치 탁본이라도 한 듯 비슷한 모습의 사진을 보니 피식 헛웃음이 나왔다. 실망스럽기는 딸애도 마찬가지인 모양이다. 사진을 받아든 딸애는 금방이라도 울 것처럼 낭패한 표정이었다.

　운전면허증을 갱신하게 되어 딸애와 같이 사진을 찍으러 갔다. 증명사진을 찍고 나면 늘 마음에 들지 않아 속태우는 딸애가 지인을 통해 미리 사진관을 알아두었다. 이번에는 컴퓨터로 완벽하게 보완해주는 사진관에서 사진을 찍기로 했다.

　며칠째 꽃샘추위가 기승을 부리더니 아침부터 빗방울이 후드득 떨어졌다. '포토샵'이라고 쓰여 있는 간판 앞에 줄지어 기다리는 사람들이 보였다. 학기 초라 그런지 학생들이 많고 드문드문 연인들의 모습도 눈에 띄었다. 사람이 많은 걸 보니 소문이 맞을 성싶었다.

사진관 내부 인테리어에서 흐르는 세련미와 우아함이 신도시의 포토샵에 걸맞았다. 따로 마련된 소품실에는 정장 옷과 화장품이 놓여 있어 시대의 흐름을 반영하는 감각이 돋보였다. 중학교 때 입던 하얀 칼라가 달린 교복도 눈에 들어왔다. 아마, 연출 사진을 찍을 때 사용되는 소품이리라.

대기 번호표를 받아 들고 벽에 걸린 사진 속 얼굴을 보니 모두 예쁘다. 개중에는 TV에서 봄 직한 연예인을 닮은 얼굴도 있다. 서양 사람들이 보면 같은 동족인 양 얼싸안고 포옹할 만큼 굵게 쌍꺼풀진 눈과 오뚝 선 콧날이 서구적이다. 인조 인형같이 개성 없는 얼굴이 서로 자매인 양 비슷비슷하다.

사진을 보니 다른 나라 사람들이 우리나라에 성형수술을 받으러 온다는 말이 정말 실감 났다. 조각칼로 새긴 것처럼 윤곽이 뚜렷한 사진이 실재 인물이라면 이 세상에 못생긴 사람은 한 명도 없을 것 같았다. 예쁜 전시 사진을 보면서 이번에야말로 제대로 된 신분증을 만들 수 있을 것 같은 생각에 잠깐 설레었다.

드디어 성형이 시작됐다. 사진기사가 시뮬레이션하듯 나를 조정했다. "눈을 크게 뜨고, 턱을 오른쪽으로. 고개를 살짝 옆으로 돌리고 앞을 보세요." 계속되는 사진기사의 요구대로 로봇처럼 근육을 움직였다.

살다 보면 프로필이나 증명서에 붙일 사진을 찍어야 할 때가 있다. 하나, 이제껏 나를 대신하는 사진이 마음에 들어본 적이 없었지 싶다. 긴 시간 공들여 찍어도 사진이 나오면 늘 만족하지 못했다. 카메라 불빛 때문인지 짝눈이 될 때도 잦았다.

그동안 찍은 사진을 펼쳐놓고 보니 한결같이 낯빛이 어둡다. 마치 불편한 사람이라도 마주친 듯한 못마땅한 표정이 다소 심각해 보이기도 한다.

SNS에 올라오는 사람들의 사진은 다들 환하고 편안해 보이는데, 나는 뭐가 문제일까. 사진을 받아 들고 불만을 이야기하면, 남편은 "거울을 보며 웃는 연습을 해야 해, 늘 힘없이 무표정이잖아?" 한다. 남편 말처럼 정말 웃음기 없는 차가운 표정이 문제일까.

사진 찍는 일도 예술 행위인데, 예술가가 찍는 사진이 왜 하나같이 마음에 들지 않을까. 고객 마음에 드는 사진을 찍지 못한다면 사진가로서 자격 미달이 아닌가. 사진을 받아 들면 꼭 사진사를 탓하며 착각에 빠진다.

예쁜 사진으로 운전면허증을 만들 거라고 자신하던 딸애가 말이 없다. 딸애도 내심 그림 같은 사진을 기대했나 보다. 실망스러워하는 딸애를 보며 사진을 찍는 일이나, 글 쓰는 일은 같으리라는 생각이 들었다.

사진작가는 대상만 찍는 것이 아니라 살아 있는 표정까지도 놓치지 않아야 할 것 같다. 사람의 얼굴뿐만 아니라 수시로 변하는 심경도 담아내야 한다.

글 쓰는 사람도 마찬가지다. 풍경만 그리는 것이 아니라 풍경 속에서 인식과 재인식까지 찾아내는 것이 글쟁이의 몫이다. 보이는 것이 다인 양 풍경만 설명한다면 독자들이 어떻게 감동할 수 있으랴.

수필은 다른 장르보다 사생활이 드러나는 편이다. 수필에는 글쓴이의 인생이 녹아 있다. 그래서 수필집 한 권을 읽어보면 작가가 어떻게 사는지, 성향까지도 알 수 있다. 그렇다고 살아온 풍경을 그대로 보여주는 것이 아니라 풍경 속의 이야기를 잔잔하게 들려주어야 할 것이다.

카메라 셔터를 누르던 그 젊은 사진사는 어떤 마음으로 사진을 찍었을까. 정말 순간의 표정까지 놓치지 않겠다는 마음으로 찍기는 한 것인지. 사진을 받아 들고 속상해했던 내가 내 작품을 꺼내본다. 발표작이나 미발표 작품이나 내놓고 보면 늘 부족하고 부끄러워 숨고 싶다.

사진작가의 생각도 별반 다르지 않으리라. 흡족하게 찍은 사진은 작가의 프로필처럼 전시 사진으로 걸리지만, 어떤 사진은 휴지통에 넣고 싶을 때도 있으리라.

이미지 사진도 못 믿겠다고 속상해하는 딸을 보며, 나도 손으로 쓰는 글은 쓰지 말아야겠다고 마음먹는다. 손이 아닌 가슴에서 우러나 행간을 읽을 수 있는 글을 써야겠다. 잠자는 감각기관을 깨워 내면을 길어 올리는 따뜻한 글을 쓰리라.

사진 찍기

피베리 커피

커피 알갱이가 둥근 게 신기했다. 일반적인 원두는 한쪽 면이 평평한데 피베리는 마치 서리태 같았다.

원두를 바로 분쇄기에 넣었다. 이상했다. 분쇄기가 내 덕을 보려는 듯 분쇄 날이 헛돌았다. 우여곡절 끝에 갈린 원두를 드립에 내리니 초콜릿처럼 진한 향이 코를 끌어당겼다. '커피가 특별해봐야 커피 맛이지.' 싶었는데 이제껏 먹던 커피와는 다르게 향이 진하고 맛이 깊었다. 입이 간사하다고 피베리 커피 맛을 알고 나니 플랫빈 커피에 손이 가지 않았다.

애초 피베리 커피는 불량 원두라 불리며 내쳐졌다. 플랫빈보다 고농도인 피베리의 진가를 몰라본 것이다. 그랬던 피베리가 언제인가부터 커피 애호가들의 입에 오르내리기 시작했다. 잡맛을 낸다고 골라냈던 피베리가 보통의 생두보다 뛰어난 향과 깊은 맛을 냈기 때문이다. 버려지던 피베리가 고급 커피로 자리매김하는 것을 보면

피베리 커피

서 큰조카 얼굴이 떠올랐다.

얼마 전 결혼식장에서 만난 큰조카가 내년부터는 연 매출 100억을 달성할 것 같다며 환하게 웃었다. 50억 매출이 3년 전이었는데 그새 100억이 된다고 하니 실감 나지 않았다.

큰조카는 대학교 2학년 때 큰 사고를 겪었다. 친구의 오토바이를 빌려 탔다가 낭떠러지로 굴러 하반신이 마비되는 1급 지체장애인이 되었다. 사고가 난 후 생때같은 장손을 살리려고 온 가족이 애썼지만, 한번 뒤틀린 척추로 조카는 바닥에서 일어나지 못했다.

큰조카가 자리에 누운 지 10년쯤 되던 해에, 작은조카는 결심한 듯 큰조카를 장애인 복지관에 데려다주었다. 큰조카가 방 안에서 고통스러운 시간을 보내는 동안 세상은 달라져 있었다. 휠체어에 앉은 사람이 테니스를 치고 사무실에서 일하는 것을 보고 큰조카는 적잖은 충격과 자극을 받은 것 같았다.

그날부터 큰조카의 도전이 시작되었다. 매일 출근해서 연습하더니 장애인 테니스 대회에 나가서 상도 받고 낮에는 홈페이지를 만드는 일을 했다. 틈틈이 운전 연습을 하더니 운전면허도 땄다. 능력 있는 청년이라고 입소문이 나면서 일감이 밀려들었고 조카는 사회적 기업을 만들었다.

조카가 만든 사회적 기업은 제지회사에서 용지를 공급받아 규격에 맞게 자르고 포장해 복사용지를 납품하는 업체다. 처음에는 작은 조카와 장애인 대여섯 명으로 시작했는데 10년이 지난 지금은 중소기업이 되었다.

그동안 조카는 밤잠도 제대로 못 잤다. 하루에도 수십 번씩 업체를 찾아다니며 거래처를 만들었다. 한 번 방문해서 안 되면 두 번 세 번 찾아가고 고객이 되면 물건을 직접 배달하며 고맙다는 인사를 잊지 않았다.

반품이 들어오면 열 번이라도 교환해주고 불편한 일이 생기면 바로 달려갔다. 매일 수십 번씩 휠체어를 돌려 팔에 코끼리 다리 같은 근육이 생길 때까지 거래처를 늘린 조카는 지금 전국에 지사가 열 개다.

가끔 조카와 같이 밥 먹으러 식당에 가면 약속이라도 한 듯 사람들의 시선이 조카한테로 쏠린다. 내성이 생긴 조카는 이제 시선 강박증 정도는 신경 쓰지 않지만, 옆에 있는 가족들 가슴은 화살을 맞은 듯 알알하다.

조카가 특별하게 생기지도 않았다. 영화배우처럼 잘생긴 청년이 다리가 불편해서 휠체어를 탄 것뿐인데, 마치 이방인 보듯 하는 사람들의 낯선 눈빛은 언제쯤이면 없어질까. 커피의 특성을 알아보지 못해 피베리를 버렸던 것처럼 나하고 조금 다르다고 해서 특별하게 보는 선입견이 문제이지 싶다.

조카네 회사에는 직원 중 80％ 이상이 지체장애인들이다. 얼핏 보면 그들은 비장애인들과 똑같다. 조카처럼 휠체어를 탄 사람은 다리가 좀 아플 뿐이고, 손가락이 잘려 나간 사람은 손을 다친 사람이다. 그들이 일하면서 서로 얼굴 붉히는 것을 본 적이 없다. 불평불만으로 쓸데없는 감정 소모를 하지 않는다. 서로 우련한 눈빛을 주고받으며 배려해주니 작업의 능률도 높다. 가끔 생각한다. 작업장에서는 오히려 비장애인이 낯설어 보일 수도 있다는 것을.

장애인이라고 해서 직장 생활을 할 수 없는 것은 아니다. 다만, 그들에게 맞는 일을 찾아주지 못해 그들이 사회 속으로 들어올 기회가 없었을 뿐이다. 한때, 불량품 취급받던 피베리가 고급 커피로 인정받는 것처럼 그들도 조금 약한 부분 때문에 오히려 다른 기능이 뛰어나다는 것을 알아야 할 성싶다.

컴퓨터 프로그래머로 일하면서 워낙 명석하고 근기 있어 성공할 줄은 알았지만, 이젠 지역에서도 성공한 경제인으로 알아주는 조카가 자랑스럽다. 피베리 커피를 찾아낸 커피 마니아처럼 몸이 불편한 사람을 고용해 그들이 자존감을 느끼게 될 때까지 뒷받침해주는 조카가 정말 대견스럽다.

달라 보이지만, 다르지 않은 피베리 커피를 입에 물고 궁굴려본다. 순간, 그윽하고 진한 향이 퍼지며 온몸에 전율이 인다. 다시 한 모금을 넘기니 이번에는 깊고 구수한 보디 감이 입안을 꽉 채운다. 오늘도 나는, 사탄의 음료처럼 중독성 있는 피베리 커피를 손에서 내려놓지 못하고 있다.

피베리 커피

고약한 발

　　　　　　　　발도 나이를 먹는지 언제부턴가 발
뒤꿈치가 거칠어지고 갈라져 보기 흉해졌다. 각질 벗기기에 좋다는
곱돌로 문지르고 면도기로 밀었지만 한 번 갈라진 뒤꿈치는 까칠까
칠해 거스러미가 일었다.

　부드럽게 하려고 바셀린 연고를 발라도 그때뿐 나아질 기미가
없었다. 발이 건강의 신호등이라는데, 혹시 내 건강이 좋지 않으니
쉬고 싶다는 발의 은근한 압력이 아닐까 싶어 걱정이 앞섰다.

　내 의지와 상관없이 발이 가는 대로 생각이 따를 때가 가끔 있
다. 가서는 안 될 곳인데, 어느새 목적지에 와 있는 나를 발견할 때
가 종종 있다. 바로 발이 뇌의 명령을 받기도 전에 재빨리 행동해
나를 당황스럽게 할 때다. 가지 말아야 할 곳을 갔다가 돌아올 때의
그 허탈감을 발은 알기나 하는 걸까.

입에도 발이 달렸다. 입에 달린 발은 다리에 달린 발보다 훨씬 걸음걸이가 빠르다. 어디 빠르기만 할까. 쓸데없이 부지런하다는 소문도 있다. 입에 달린 발은 두려움이 없다. 듣자마자 앞뒤 재지 않고 발자국부터 뗀다. 어디 그뿐인가. 부풀리기 좋아해 풍선을 달고 다니며 입안에 침이 다 마르도록 말을 쏟아놓는다.

입에 달려 오지랖이 넓은 발은 안 가는 곳이 없다. 요즘 인터넷과 유튜브를 뜨겁게 달구는 가짜 뉴스는 우리나라를 넘어 전 세계적으로 퍼져 있다. 워낙 정교하게 진짜 뉴스의 형식을 그대로 갖춰 언론에서도 가짜 뉴스를 가려내기가 쉽지 않다.

실제로 그런 가짜 뉴스를 보고 흥분하는 사람을 본 적이 있다. 그녀는 인터넷에서 세월호와 관련된 기사를 읽고 마구 화를 냈다. 그들을 마치 자식을 빌미로 돈을 뜯어내려는 파렴치한 사람으로 몰았다.

생때같은 자식을 하루아침에 바다에 묻고 시신도 찾지 못해 애끓는 부모의 마음을 헤아린다면 어떻게 그런 말을 할 수 있을까. 자기도 자식을 키우는 어머니인데 어찌 그리 몰인정한지. 자식 잃은 슬픔을 위로해주지는 못할망정 그들을 나쁜 사람으로 몰아가는 그녀의 얼굴을 나도 모르게 한참씩 바라보곤 했다.

그녀는 자기 주관이 너무 뚜렷했다. 뼛속까지 보수라고 하는 그녀는 진보주의 성향인 사람을 빨갱이라고 몰아붙였다. 그래서인지 사람들과 자주 부딪혔다. 사람들은 심하게 자기주장을 펼치는 그녀와 말을 섞지 않으려 했다.

성격이 다르듯 각자의 인생관과 가치관도 다르다. 이념이 다르다고 해서 잘못된 것은 아니다. 서로 살아가는 방법이 다른 것이니 그저 다름을 인정해주면 되지 않을까 싶다.

세상에는 억울하게 누명 쓴 채로 살다가 세상을 떠나고 나면 진실이 밝혀지는 사람도 있다. 하나, 사실이 밝혀진들 무슨 소용이 있겠는가. 이미 고인이 된 사람은 아무것도 알지 못하니 말이다.

살면서 나도 입에 달린 발 때문에 곤란했던 적이 있다. 밥을 먹자고 하여 몇몇 지인이 만났다. 감사의 답례로 밥을 사는 지인과 밀린 이야기를 나누며 맛있는 밥을 먹었다. 그런데 며칠 후 그 자리에 오지 않았던 지인한테서 연락이 왔다. 용건은 우리가 밥 먹던 자리에서 자기의 이야기가 나왔다는 것이었다.

황당했다. 그녀가 다짜고짜 무슨 말이 오갔느냐고 따지니 기분이 좋지 않았다. 나하고는 별로 친분이 없던 사이였는데 단지 내가 그 자리에 있었다는 것이 그녀를 화나게 한 이유였다.

이미 마음속에 속단을 내린 그녀의 귀에는 내가 하는 어떤 말도 제대로 전달되지 않았다. 결국, 이 사람 저 사람한테로 전화가 몇 바퀴 돌면서 진실은 밝혀졌지만, 그녀는 예전의 낯빛이 아니었다. 도대체 무엇이 그녀를 기분 나쁘게 만들었는지 모르지만, 그 일이 있고 난 후 모임에서 그녀를 보는 일이 어려워졌다. 지나고 나서 생각하면 별것도 아닌 일을 오해해 스스로 마음을 닫아버린 그녀가 안타깝다.

사람이 있는 곳에는 수많은 발이 웅성거린다. 발은 좋은 사람을 만날 때에도 가끔 헤살 부릴 때가 있다. 고단한 발의 피로를 풀어주려고 만난 자리에서 오히려 입에 달린 발이 뱉어내는 뜨거운 것에 발을 데어버리는 일이 종종 있기 때문이다. 그렇게 덴 발은 은결들고 물집이 생겨 흉터를 남기기도 했다.

가까운 사이일수록 상대를 단정하는 일은 없어야 할 듯싶다. 상대가 가진 재능이나 외모, 성격을 있는 그대로 관찰은 하되 평가하지 않아야 한다. 생각 없이 예측한 말이 상대한테는 지독한 상처로 남을 수도 있기 때문이다.

개인의 잣대로 잘못 단정해 만들어진 말은 되돌려지지 않는다. 문제를 일으키고 불리해지면 혼자 쏙 빠지고 남에게 핑계 대는 것이 입에 달린 발이 하는 일이기 때문이다. 목적지를 잘못 찾아간 발 때문에 받은 상처는 쉽게 아물지만, 입에 달린 발이 저지른 상처는 쉬이 낫지 않는다.

잘 아문 상처에서는 향기가 나고 잘못 아문 상처에서는 악취가 난다. 어떤 상처도 잘 아물어 좋은 냄새가 날 수 있도록 갈라진 발도 입에 달린 발도 잘 다스려야겠다.

그녀의 목소리

　　　　　　　　　　사방에서 꽃 소식이 들려오니 그녀
생각이 난다. 베이지색 바바리코트에 벚꽃무늬 스카프를 두른 그녀
가 금방이라도 나를 부르며 달려올 것 같은데 벌써 6년이 지났다.
길을 가다가 "선생님, 여기예요." 하는 여자의 목소리가 들리면 나
는 반사적으로 뒤돌아보게 된다. 바로 그녀 때문이다.

　'1인 1책 펴내기' 수업을 하다 보면 여러 부류의 사람을 만나게
된다. 해마다 새로운 수강생과 만나지만 그녀와는 특별한 인연이
느껴졌다. 나보다 나이는 많았지만, 대화가 통했고 차가운 이미지
와 달리 따뜻한 성격이 맘에 들었다.

　여자로 한평생을 살아가는 동안 수많은 편린이 있다지만 그녀
는 나이에 비해 살아온 인생이 정말 질곡 졌다. 유복한 가정에서
나고 자라 고생 한번 안 하고 살던 그녀의 삶을 결혼이 바꾸어놓
았다.

　그녀는 아들, 딸 남매를 두었다. 죽니 사니하며 따라다니던 남자

가 평생 자기만 사랑해줄 거라 믿었단다. 죽도록 사랑했던 사람이었기에 배신감도 배로 컸던 남편과 이혼하고 아이들은 그녀가 맡았다고 이야기할 때 습관처럼 물어뜯던 그녀의 손톱에서 핏방울이 흘러내렸다.

그녀는 1인 1책 펴내기 프로그램이 꼭 자기 같은 사람을 위해 만든 프로그램 같다고 했다. 그녀는 사는 동안 매년 책 한 권씩 펴내 자기 집 작은 책꽂이를 자기가 발간한 책으로 채우겠다며 환하게 웃었다.

직장 때문에 수업 시간을 못 맞추던 그녀와 중앙공원의 우동집에서 따로 만났다. 수원에서 직장을 다니며 주말에만 청주에 내려오던 그녀는 '공원당' 우동이 먹고 싶어 죽을 뻔했다며 너스레를 떨기도 했다.

그녀의 글은 잘 발효된 된장 같았다. 오래 묵었어도 텁텁하지 않고 조미료를 넣지 않아도 구수한 맛이 났다. 학창 시절에 문학소녀였다던 그녀의 말을 뒷받침하듯 문장 다루는 솜씨가 뛰어났다. 교정 본 글을 보내주면 글을 읽느라 밤을 꼬박 새운다는 그녀는 얼른 책을 만들고 싶다고 보챘다.

그녀의 책이 우수상을 받게 되었다. 상을 받는다는 것은 누구에게나 설레는 일이지만 작가를 지망하는 그녀한테는 더욱 각별한 상이 될 것 같아 단숨에 전화를 걸었다. 나만의 기우인가. 당선 소식을 접하는 그녀의 목소리는 담담했다. 평소 같으면 흠흠하며 좋아했을 그녀인데 기분이 이상했다. 선생님 덕분이라고 기쁜 내색은 했지만, 모기만 한 목소리로 시상식에 못 갈 것 같다며 전화를 끊었다.

한 달 후 겨우 통화가 되었다. 몸이 아주 아프지만, 꼭 한 번 나를 보고 싶다고 했다. 아니, 나를 볼 수 있을 거라고 했다. 그것이 그녀와 마지막 통화였다.

시상식이 끝나고 며칠 후에 그녀의 사망 소식이 들려왔다. 뇌종양 선고를 받은 지 6개월 만이라고 했다. 이제야 인생이 무엇인지 조금씩 알아갈 나이 고작 쉰다섯 살인데, 겨우 그만큼 살려고 이 세상에 왔나. 무방비 상태에서 두 귀가 찢어지고 나니 다리가 휘청거렸다. 그녀와의 인연이 비록 2년밖에 되지 않았지만, 누구보다도 많은 속 이야기를 나누었기에 마음이 쉽게 진정되지 않았다.

집에 돌아와서 다시 그녀의 책을 꺼내 들었다. 그녀는 자기의 죽음을 예견하고 나서도 죽을힘을 다해서 글을 썼다. 죽기 전에 책을 만드는 게 소원이었다고 그녀의 딸이 전해주었다.

마지막 희망을 품고 수술실에 들어갔는데 그것이 그녀와 마지막이었다며 그녀의 딸은 오열했다. 수술실에 들어가면서 책 이야기를 해서 알았다는 그녀의 딸은 이럴 줄 알았으면 책이라도 빨리 찾아다 엄마 가슴에 안겨주었을 거라며 말을 잇지 못했다.

책에 남겨진 사진 속의 그녀는 여전히 아름다웠다. 눈물이 왈칵 쏟아졌다. 그녀가 얼마나 갖고 싶어 하던 책인가. 무슨 일이 있어도 올해는 꼭 책을 내야 한다며 조바심내던 그녀의 고운 모습이 눈앞에서 아른거렸다.

늘 그녀와 만나던 공원당에 갔다. 오지 못할 것을 알면서도 문이

열릴 때마다 자꾸 신경이 쓰였다.

　어디선가 "선생님, 여기예요." 하는 그녀의 목소리가 뒷덜미를
잡는 것 같아 나는 자꾸만 자꾸만 뒤를 돌아보았다.

수건

　　　　　　　　　　　　　며칠 내내 벼르던 수건을 바꾸기로
한 날이다. 서랍을 여니 행사 때마다 받아온 새 수건이 족히 20장은
넘을 것 같았다. 석유 냄새를 없애려고 큰 양동이에 자투리 비누조
각과 수건을 넣고 푹푹 삶았다. 색 색깔의 새 수건을 빨아 빨랫줄에
널고 나니 베란다가 다 환하다. 오늘따라 날씨까지 보시해 모시 천
같은 햇볕에 바싹 마른 수건이 명주실처럼 부드럽다.

　이상하게도 나는 수건 욕심이 많다. 예쁜 수건을 보면 나도 모르
게 손이 간다. 해서 한 번씩 대량의 수건을 사들이기도 하지만 기념
품으로 주는 수건은 꼭 챙긴다. 다른 물건 같지 않게 수건을 돈 주
고 사려면 왠지 아까운 생각이 들어서다.

　우리 집 생필품 중 내 손을 제일 많이 타는 것이 수건이다. 어쩌
면 우리 집에서 나를 가장 정확히 알고 있는 것도 수건일지 모른다.
아킬레스건처럼 누구에게도 보이고 싶지 않아 꼭꼭 여미는 내 부족

한 부분까지도 수건은 모두 알고 있다. 수건은 흉하거나 지저분하
다고 내치는 일이 없다.

머리를 염색하고 까만 물이 묻어나올 때나 종일 동동거리던 발
도 수건이 따뜻하게 감싸준다. 우기에 비가 들이치거나 바닥에 물
이 쏟아져도 마다치 않고, 삶의 능선에서 힘들어할 때면 말없이 내
눈물을 닦아주며 위로해주는 것도 수건이다.

수납장에 새 수건을 넣고 돌아서는데 남편이 욕실로 들어간다.
잠시 후 샤워를 마친 남편이 물기가 닦이는 것 같지 않다면서 수건
을 바구니에 넣는다. 새 수건으로 바꿔놓아 기분 좋다는 말을 내심
기대하고 있었는데 남편은 닦는 둥 마는 둥 하더니 헌 수건을 찾는
다. 안방 화장실에서 머리를 감고 나온 딸애의 표정도 마찬가지다.
새 수건으로 머리를 감싼 딸애가 닦아도 물기가 남아 있다며 툴툴
거린다.

휴일 아침부터 삶고 빨아놓은 새 수건 때문에 좋은 소리 듣나 했
더니 오히려 타박이다. 하나, 남편과 딸애의 말이 그냥 한 불평이
아니었다. 종일 집안일로 동동거리다 늦게서야 머리를 감고 수건으
로 닦는데 이상했다. 꼭, 머리카락에서 수건이 미끄러져 나가는 느
낌이 들었다. 힘주어 닦아도 겉도는 수건 때문에 머리카락에서 물
이 뚝뚝 떨어졌다.

닦던 수건을 펼쳐봐도 보송보송하고 매끄러웠다. 물방울이 스미
지 않고 구슬처럼 흘러내리는 모습이 수건이 물기를 닦으려고 하는
것이 아니라, 오히려 물기가 수건에 달라붙으려 애쓰는 것 같았다.

아침부터 힘들게 빨아놓은 새 수건을 거두고 걸레로 쓰려고 넣어두었던 헌 수건을 다시 꺼냈다. 마지못해 끌려 나오는 것처럼 손끝에 닿는 헌 수건의 촉감이 까칠하다. 오래된 수건은 색깔이 바래 누렇고 어떤 것은 올이 풀려나온 것도 있다. 이 수건들도 처음에는 새 수건처럼 포장도 뜯기지 않은 채 서랍에만 있던 것이라 물을 감당하지 못하던 것들이다. 한데 나와 같이 지난한 세월을 보내면서 어떤 것도 흡수할 수 있을 만큼 수건으로서의 자격을 인정받게 되었다.

하루 등을 돌렸다고 해서인지 어째 더 빳빳해진 것 같다. 처음에는 쉽게 접히지 않고 튕겨 나갈 듯이 오기 부리던 헌 수건이 내 손이 닿자 다시 유순해진다. 마치 내 손의 온기를 기억하고 있다는 모습이다. 저녁에 씻고 수건을 쓰던 남편은 새 수건은 보기엔 좋지만, 쓰기 불편하다며 구시렁거렸다. 남편의 뼈 있는 말에 딸애도 새 수건이 제법 몸값을 한다고 했다.

걸레가 될 뻔했던 헌 수건을 수납장에 넣고 새 수건은 다시 세탁기에 넣었다. 한 번, 두 번, 아니, 몇 번이 되든지 빨아 자신의 모습을 돌아보게 할 생각이었다. 아무리 새 수건이라지만 자기 본질은 잃어버리고 생색이나 내려고 하는 새 수건에 일침을 주고 싶었다.

세탁기 안에서 수건으로 인정받으려고 몸부림치는 새 수건을 보니 마치 나 자신의 모습을 보는 듯하다. 오래도록 글을 써왔고 문인이라는 화려한 액세서리까지 지니고 있지만, 아직 제대로 된 글 한 편 발표하지 못하는 나와 새 수건이 참, 많이도 닮은 것 같다.

나를 아는 사람들은 내가 글 쓰는 사람이라고 기억한다. 아마, 나를 포장해주는 수필가라는 수식어 때문일 것이다. 그러나 이제껏 흡족할 만한 글을 쓰지 못했다. 의무감 때문에 책임감도 없이 글을 발표하고 나서 후회한 적도 많다. 다른 작가들이 쓴 좋은 글을 읽고 나면 부러워 가슴에서 내려놓지 못하면서도 돌아서면 금세 잊어버렸다.

내 글 앞에서는 부끄러워하면서도 정작 습작하는 일에는 게을렀다. 글 쓰는 작업은 고통을 연료로 해야 한다는 어느 수필가의 말처럼, 한 편의 글을 잉태하기 위해선 산고의 고통을 치러야 하는데 마음만 급급하니 늘 겉핥기식 글이 되었다. 새 수건처럼 나도 무늬만 글 쓰는 사람이었다. 그래서인지 나는 아직도 문학이라는 단어가 낯설고 부담스럽다.

방금 남편의 손에서 물기를 말끔히 머금은 헌 수건이 순하게 세탁 바구니에 누워 있다. 마치 인정받을수록 겸손해져야 한다는 것을 몸소 보여주고 있는 듯하다. 가끔 이렇게 작고 보잘것없는 것들에서 지혜로움을 배운다.

오늘도 수건을 보면서 생각이 많아진다. 나도 헌 수건처럼 내 몫을 다 할 수 있을지 모르겠다. 언제쯤이면 내 안에 고인 내재율을 자연스럽게 풀어낼 수 있을까. 언제쯤이면 자유롭게 언어를 부려 내 글을 읽는 이들의 가슴에 훈훈한 불씨 한 톨 지필 수 있을까.

이슬이가 떠났다

5월의 날씨가 마치 한여름 같다. 더위를 식힐 겸 동네 공원으로 나왔다. 나긋나긋한 햇살이 부챗살처럼 퍼지는 공원에는 반려동물 축제로 떠들썩했다. 더위도 아랑곳하지 않고 꽃단장한 애완견들이 모여들었다.

나도 모르게 강아지들이 있는 곳으로 발걸음을 옮겼다. 작고 앙증맞은 요크셔테리어, 눈꺼풀이 가늘어 연약해 보이는 몰티즈, 코가 눌려 귀여운 시추, 곰 인형 같은 포메라니안까지 여러 종의 애완견들이 주인을 따라 워킹 연습을 하고 있었다. 그들 중 머리를 리본으로 예쁘게 묶은 작은 요크셔테리어한테 유독 눈이 갔다. 어쩌면 그리도 이슬이를 빼닮았을까. 하마터면 달려가 덥석 안아버릴 뻔했다.

이슬이는 우리 집에서 키우던 요크셔테리어 애완견이다. 16년간이나 키워 자식 같았던 이슬이가 한 달 전 우리 곁을 떠났다. 이슬이는 얼마 전부터 폐에 물이 찬다는 폐부종을 앓으며 자주 호흡곤

란이 왔다. 그럴 때마다 남편이 주사 놓고 심장 마사지를 해주어 일어났는데 이번에는 기력을 회복하지 못했다. 옆에서 안타깝게 지켜보던 딸애의 눈에도 눈물이 그렁그렁했다.

이슬이가 처음 우리 집에 왔을 때 딸애가 초등학교 4학년이었다. 남편을 닮아서인지 동물을 좋아하는 딸애가 막상 강아지가 생기니 티격태격 싸우기도 했다. 딸애는 이슬이와 같이 자랐다. 남편과 내가 출근하고 없는 빈집에서 이슬이와 친구처럼 자매처럼 지냈다. 외동딸인 딸애한테 잉태와 출산의 모습을 보여준 것도 이슬이고 꼬물꼬물한 새끼한테 젖을 물리는 모성애를 알게 해준 것도 이슬이다.

별 탈 없이 건강하게 잘 지내던 이슬이도 나이 드니 병이 생겼다. 1년 전 자궁축농증 수술을 했는데 어느 날인가부터 이슬이의 동선이 달라지기 시작했다. 잘 걷다가 벽에 머리를 부딪치는 일이 잦았다. 가끔 식탁 의자 모서리에 끼어 넘어지기도 했다.

아무리 급해도 화장실에 가서 용변을 보던 이슬이가 아무 데나 실수하는 일도 많아졌다. 이제껏 그런 적이 없었는데 웬일인가 싶었다. 처음엔 야단을 치고 벌을 주었지만, 화장실 가는 일이 점차 줄어들었다. 밥을 주어도 그릇을 찾지 못해 킁킁거리며 냄새를 맡고서야 입을 댔다.

걱정스러워 병원에 데려갔지만 이미 늦었다고 했다. 동물병원에서는 나이가 많아 관절이 휘어지고 눈에도 녹내장이 왔다고 했다. 늦어 방법이 없다고 하는 수의사의 말을 영리한 이슬이가 알아들었을까 봐 걱정됐다.

눈이 안 보이면서 걷는 것도 부자연스러웠다. 약한 다리를 끌고 곧잘 걸었는데 다리가 아예 안쪽으로 휘어 걸핏하면 넘어졌다. 퇴근하고 돌아오면 언제나 현관 앞으로 달려 나와 반기던 이슬이가 제집 앞에서만 맴돌았다.

그때부터 이슬이는 우리 집의 갓난아기가 되었다. 사료를 주어도 못 찾아 먹으니 옆에 붙어 앉아 먹여주고 기다렸다가 용변을 보면 치워야 했다. 동물이지만 그렇게 노쇠해진 강아지를 보는 것이 우리 가족에겐 큰 슬픔이었다. 누구든 집에 돌아오면 이슬이부터 챙겼다. 외출해야 할 때도 이슬이 걱정에 오랜 시간 집을 비울 수가 없었다.

준비도 없이 이슬이를 보내고 우리 가족은 웃음이 줄어들었다. 웬만하면 서로 이슬이 이야기를 꺼내지 않으려고 조심했다. 매일 남편 옆에 와서 잠을 자던 이슬이의 부재에 남편이 느끼는 허전함은 말할 것도 없지만, 티격태격 다투며 자란 딸애의 충격이 가장 컸다.

유독 영리하고 똑똑했던 이슬이는 우리 세 식구의 성격을 모두 꿰고 있었던 것 같다. 장난을 좋아하는 남편한테는 애교를 부리고 깔끔한 것을 좋아하는 내 앞에서는 발을 싹싹 닦았다. 자기보다 어리다고 생각하는 딸애 앞에서는 오히려 의젓하게 굴었다. 떠나던 날 남편의 심폐소생술로 살아날 때마다 우리가 기뻐 어쩔 줄 몰라 하던 것을 이슬이는 알고 있었던 것 같다.

돌이켜보니 같이 사는 동안 이슬이가 나에게 준 기쁨과 믿음에 비하면 나는 턱없이 부족하게 해준 것 같아 마음이 아프다. 누가 그렇게 사람을 반겨줄까. 몸이 아플 때나 잠에 취했다가도 현관문 여는 소리가 나면 어김없이 달려 나오는 이슬이처럼 집에 돌아오는 사람을 반겨주는 이가 몇이나 될까. 퇴근하고 돌아오면 쫓아 나와 반갑다고 매달리던 이슬이를 많이 안아주지 못했던 것도 미안하다.

그 작은 강아지 한 마리가 없어졌다고 집이 텅 빈 것처럼 휑하다. 재롱 떨며 애교 부리던 순간들, 화장실에 가서 용변 보고 발수건에 발을 싹싹 닦으며 깔끔 떨던 이슬이의 환영이 지워지지 않는다.

차례를 기다리고 서 있는 강아지들이 호루라기 소리와 함께 워킹을 시작한다. 실룩샐룩 궁둥이를 흔들며 걷는 모습이 귀엽다. 다른 한쪽에서는 애완견들이 달리기 시합을 하고 있다. 대회가 끝나고 좋은 성적을 낸 강아지들은 주인이 선물로 주는 간식을 먹느라 정신이 없다.

대기소에는 유모차에 앉아 있는 강아지도 있었다. 강아지를 키우지 않는 사람이 보면 신기해하겠지만, 사람과 친밀하게 지내는 애완견의 모습이 더는 낯선 풍경이 아니다. 애완견은 이제 단순히 애완용으로 키우는 강아지가 아니라 인간과 더불어 살아가며 사랑을 주고받는 동행견이다. 사료를 주고 용변이나 치워주는 사육의 의미가 아닌 서로 교감하며 매 순간을 함께하는 가족의 일원으로 생각해야 할 것 같다.

애완견 축제를 돌아보고 나니 이슬이 생각에 다시 가슴이 답답해진다. 그 작은 것이 뭐라고 이렇게 눈에 밟힐까.

출가

초판 1쇄 발행 · 2019년 11월 15일
초판 2쇄 발행 · 2020년 3월 13일

지은이 · 박종희
펴낸이 · 한봉숙
펴낸곳 · 푸른사상사

주간 · 맹문재 | 편집 · 지순이 | 교정 · 김수란
등록 · 1999년 7월 8일 제2-2876호
주소 · 경기도 파주시 회동길(서패동) 337-16
대표전화 · 031) 955-9111(2) | 팩시밀리 · 031) 955-9114
이메일 · prun21c@hanmail.net
홈페이지 · http://www.prun21c.com

ⓒ 박종희, 2019

ISBN 979-11-308-1477-3   03810

값 15,000원